保健室のオトナな先輩、
俺の前ではすぐ〝デレ〟る
ほんのちょーっと
顔を近付けただけですよ？
真山くんは子供ですねー
（どう？ 私の魅力に
デレてくれるはず…！）
↗このあと
やり返されます。

「うるさいですね、大人しく『あーん』をされなさい！」
「いいんですか、それ……？」
このあと
間接キスだとツッこまれて、
死ぬほどデレます。

白瀬柚月《しらせ・ゆづき》
成績優秀で品行方正な高校二年生。周囲からオトナと見られるため、努力している保健委員。じつは子供のころに一度、恭二にフラれていて……
真山恭二《まやま・きょうじ》
体が弱くて保健室の常連な一年生。柚月にいつも絡まれ、ドキドキしながらも言い返している。中二の妹がいる。

いまお風呂から
電話してるんですよ?
ふふ、なにか想像したんですか?
……は、恥ずかしくなんて
ありません!
↖このあと、間違えて
テレビ通話ボタンを押します。

「私は、私が『そうなりたい』って思ったから、
“大人”を目指すの！
誰に言われたからでもない、誰かのせいとかじゃない！
私は私のために、私自身の夢のために、
ずっと頑張ってきたの……頑張るの、これからも！
難しいのも、大変なのも、よくわかってる！
でも、だって……私はそうしたいんだもん！
やりたいんだもん！
助けられてばっかりだった子供の自分を変えて、
“大人”に……誰かを、助けられるようになりたいの！
それを、私じゃない誰かに、
『諦めろ』なんて言われたくない！
お姉ちゃんにも……真山くんにだって！！」

「む、無理とはなんっ、なんですかっ。
私はべちゅに、こんにゃつ、
このくらい……！」
じ保健室の
ッドに入って……

保健室のオトナな先輩、俺の前ではすぐデレる

滝沢 慧

ファンタジア文庫

3182

口絵・本文イラスト　色谷あすか

Vol.1

Contents

プロローグ

「――ありがとうございます、先輩！　先輩のおかげで、彼と仲直りできました！」

昼休みの保健室に、女子生徒の明るい声が響く。

真山恭二《まやまきょうじ》はベッドに横になりながら、そのやり取りを聞いていた。カーテンが閉められているから、向こうは恭二の存在に気付いてはいないだろう。盗み聞きするようで居心地が悪いのだが、今さら出ていくのも微妙すぎる。

「本当に、先輩に相談に乗ってもらって良かった……。あの！　ま、また、困ったことがあったら、話を聞いてもらっても……」

「ええ、構いませんよ。いつでもいらしてください」

女子生徒の声に応じるのは、これまた少女の声。ただし、はしゃいだ様子の女子生徒よりも随分大人びて、知らない人が聞いたら、保健室の先生と勘違いしたかもしれない。

でも、恭二は知っている。カーテンの向こうで、女子生徒にお礼を言われているその『先輩』が、自分達と一つしか年が違わないこと。

そしてもう一つ――他の誰も知らない、彼女の秘密も。

「それじゃあ、失礼します……！　本当に、ありがとうございました！」

ガラッとドアの開く音。そして閉まる音。

女子生徒の足音が遠ざかるまで待って、恭二はカーテンを開ける。

そして、言った。

「見栄《みえ》張ってると痛い目見ますよ」

その言葉に。丸椅子に腰掛けていた背中がビクッと反応。

……しばしの間を置いて、彼女はゆっくりと恭二を振り返った。

「人聞きが悪いですね。私がいつ見栄を張ったというんですか」

「本当は男と付き合ったことなんかないでしょう」

『うぐ』、と、柚月《ゆづき》の顔が露骨に強張《こわば》る。

彼女の名前は白瀬《しらせ》柚月。この学校の二年生で、一年の恭二にとっては先輩に当たる。

学校一の美人にして優等生。同級生からは高嶺《たかね》の花として、下級生からは憧れの先輩として、羨望《せんぼう》の眼差《まなざ》しを集める有名人。そのモテっぷりは誰もが知るところで、『この学校に通ってる男なら一回は彼女に惚《ほ》れる』なんて噂《うわさ》が立つほどだ。

……一体誰が想像するだろう。そんな彼女が、実は一度も男と付き合ったことがないなんて。ただ子供じみた見栄を張って、『自分はオトナの女です』、とか言い張っているだなんて。


「失礼な。いいですか。私は真山くんのようなお子様と違ってオトナなんです、オトナ」

「はぁ」

「何しろ年上ですし。一年も長く生きていますし。日数に換算すれば三百六十五日。つまりはそれだけ経験を積んでいると言うことなんです、わかりますか」

「そっすか」

「……だから、こんなことだってしてあげられるんですよ？」

すっと、不意を突くように柚月が動く。長い髪が揺れるのが視界の端に映って、気付いたときには、端整な顔がすぐ目の前にあった。


学校一だとか日本一だとか世界一だとか、そんな噂も大袈裟《おおげさ》じゃないと思えるくらい、美しく整った顔立ち。キスでもされそうな距離で見つめられて、動揺しないなんて無理だった。

途端、柚月の顔に、それはそれは得意げな笑みが浮かぶ。

「ふふふ。何を驚いているんですか？　ほんのちょーっと顔を近付けただけじゃありませんか。こんな些細《ささい》なことで動揺してしまうだなんて、やっぱり真山くんは子供ですねー」

『悔しかったら言い返してみるがいい、できるものならな！』とばかりに、ドヤみ溢《あふ》れるツラで、柚月がこちらをチラ見。

実に、露骨な挑発である。

が、だからって、大人しくスルーしてやれるかといったらそれは別の話だ。

「言いましたね。いいですよ、だったらどうぞ。いくらでも見つめてください。俺、全然動揺とかしないんで」

離れていこうとする柚月の手を摑《つか》んで、もう一度、今度は自分から顔を近付けた。

「へ？」と、まん丸に見開かれた瞳が、すぐ間近に迫って。

――次の瞬間、柚月の顔が、ゆでだこのように真っ赤になった。

「な、なんですか。そ、そんにゃ、そんにゃ簡単に挑発に乗っちゃって……ややっ、やっぱり真山くんはこ、こど、こどみょももも……」

もつれた舌が、もごもごと謎の言語を紡《つむ》ぐ。ぷしゅぷしゅ、と湯気の噴き出す様が見えるようだった。

さすがに不憫《ふびん》になって手を離すと、柚月は一歩後退。ぷるぷると両肩を震わせながら、真っ赤っかの顔を伏せる。そして。

「き、今日のところは、これで勘弁してあげましょう……」

「なんでそう、いつも自爆しにくるんですか。先輩は」

「じ、自爆とはなんですか⁉　私は何も爆発していません！」

理屈も何もなく、勢いだけで反論してくる柚月に、『はいはい』と頷《うなず》く。

保健室で。彼女とこんな風に過ごす時間も、恭二にとってはもう、珍しいことではなくなった。

始まりは、ほんの一月前。

やっぱり、この保健室での出来事だった。

第一章
保健室の聖母さま

第一話

——真山恭二《まやまきょうじ》は、保健室の常連である。

訪れるのは大抵、昼休み。でも、まれに授業を丸ごと休むこともあって、事情をよく知らない生徒からはサボりの常習犯だと思われている節がある。実際は単に、貧血だというだけなのだけれども。

中学の時はこの体質が原因で、教師に難癖つけられることもあった。だから高校はそういう事情に理解があるところを選んだし、実際、養護の先生は、ちょくちょく休みに来る恭二を普通に迎え入れてくれる。

——ただ。それとは全く別のところで、恭二には、なるべく保健室の世話にはなりたくない理由があった。

それは、

「……真山くん。体調はどうですか？　もうすぐ昼休みが終わりますけど」

シャッとカーテンを引き開ける音がして、うつらうつらしていた意識がはっきりした。

南向きの窓から、昼下がりの陽光が差し込んでくる。全体的に白っぽい部屋が、光の照り返しで眩《まばゆ》く染まる。

光を背にして、横たわる恭二を見下ろすその人は、養護教諭ではない。

白瀬《しらせ》柚月《ゆづき》。

この学校の保健委員の一人にして、学校一の美少女。成績は一年の頃から学年一位をキープし、運動能力も優秀。それでいて性格に驕《おご》ったところもないという、完璧超人を地で行くような優等生。

そんでもって、恭二が保健室に来たがらない、全ての元凶。

「辛《つら》いなら無理をすることはありませんけど。でも、出られるのなら、出ておいたほうがいいと思いますよ。あまり授業を休みすぎては、あとで困るでしょう？」

子供に言い聞かせるような調子で、柚月が微笑《ほほえ》む。その笑い方は年の割に大人びて、穏やかさ以上に余裕を感じさせる。

可憐《かれん》でありながら、どこか頼もしい。彼女が男子のみならず、女子の憧れの的でもある所以《ゆえん》だ。

でも、何を隠そうそれこそが、恭二の苦手意識の大元だったりするわけで。

「言われなくても、起きようと思ってたところです。……そうでなくても、勉強のことなら心配いりませんよ。自習してますし」

「でも、板書の内容が全くわからなくては、それも限界があるんじゃありませんか？」

「言いたいことがわかんないんですけど？」

「真山くんは引っ込み思案なタイプですから、ノートを見せてもらえるようなお友達なんて、いないいんじゃないかと言っているんですよ」

くすくす、と笑う柚月から、視線を逸《そ》らす。

まるで、子供をからかうような態度。何もかも見透かしたような言動は、なんだか小馬鹿にされているようで、あまり居心地のいいものではない。

しかし柚月は、そんな恭二の不満さえもお見通しのようだった。黙り込む恭二を気にした様子もなく、優雅に微笑んでいる。

「不貞腐《ふてくさ》れる元気があるなら、午後の授業は大丈夫そうですね。さ、上着を着てください」

皺《しわ》にならないよう、ベッド横に置いていたブレザーを押し付けられる。

「先生もそろそろ戻ってくるでしょうし、私も教室に――」

柚月の言葉が、不意に途切れる。同時に、ドアをノックする音が聞こえた。

「はい、開いていますよ。どうぞ」

応対すると同時に、カーテンを閉められた。別に、あとは上着を着て出て行くだけだし、開けっぱなしでも良かったのだが。

「すみません。今ちょうど、先生が不在で……」

「ああ、いいんだ。白瀬さんに会いに来ただけだから。今、ちょっといいかな？」

「はい。私に何か？」

入ってきたのは男子生徒。やり取りを聞くに上級生のようだ。

柚月の知り合いだろうか、なんて、呑気《のんき》に思った矢先——。

「率直に聞くんだけど……白瀬さんって、今、付き合ってる人はいるのかな」

……おい。おいおい。

そりゃあ、柚月がモテるのはいくらでも噂《うわさ》で聞いているけれど。だからってこんな、いきなり過ぎないか。保健室で。誰か休んでいるかもしれない……というか、実際にこうして恭二がいるというのに。

「っていうか、ごめん。実は、いないらしいっていうのは聞いてるんだよね。でも一応確認しとこうと思って。でさ、もし本当にいないんだったら、僕と（ｒｙ」

「ごめんなさい。お気持ちはとても嬉《うれ》しいのですが、今は、学業に専念したいと思っているんです。……ですから、お付き合いはできません」

ぺこり、と。柚月が頭を下げたのが、カーテンに透ける影の動きでわかる。……そして、相手の男子が固まったのも。

口調は真摯なものだったけれど、柚月の言葉には確たる意志が感じられた。異性に告白される……いや、今のは告白にカウントしていいのかは微妙だったかもだが。

でも、それにしたって、恭二からすれば結構一大事だ。でも、柚月に動揺している感じはない。

多分、こういう事態には慣れているのだろう。柚月はとにかく有名人で、モテるという噂だから。だからこそ、こうして実際に告白（未遂）されているのだろうし。

それにしても、こうまでバッサリ切られてしまって、相手の男子はどうこの場を乗り切るつもりなのだろう。果たして生きて帰れるんだろうか。恭二までついつい固唾を呑《の》んでいると。

「……ま、待った！　結局、付き合ってる人がいないのは確かなんだよね!?　なら、僕にチャンスをくれないかな!?　損はさせないから！」

「そう、言われましても……すみません。今は本当に、誰ともお付き合いするつもりは……」

「今はそうでも、これから変わるかも……いや！　だったら僕が、白瀬さんを変えてみせるよ！　君が『この人なら付き合ってもいい』と思ってくれるような、立派な彼氏になってみせる！」

相手の男子生徒はどうやら本気らしかった。果たしてそのハートの強さをたたえるべきなのか、しつこさにドン引きすればいいのか。

（というか俺のいないところでやってくれよ……‼　告白するなら周りに人がいないか先に確認しろ‼）

柚月は、どうするつもりなんだろうか。さっきは断ろうとしていたけれど……あとどっちにしても、早くこの状況を終わらせて、恭二を解放してほしいのだけれど。

「チャンス、ですか。そうですね……」

カーテン越しに、柚月のシルエットが揺れる。迷いを表すように。

別に、柚月がどうしようと、恭二に、それを気にする理由はないはずだった。

でも、どうしてか気になって、恭二は知らず知らずのうちに、カーテンの向こうに耳を澄ませて、

「……だったら、こうしましょうか。そこまで言うなら、今、ここで、私を口説いてみて

ください」

「……え？」

「ですから、『チャンス』です。……こういう言い方は、ちょっと自慢のようになってしまいますけど。私、人から告白されるのは慣れているんです。でも、悲しいことに、全ての方が本気というわけじゃなくて……中には私のことをよく知らずに、軽い気持ちで『好き』と言ってくる人もいるんです。それでいて、私がお断りすると、手のひらを返すように私の悪口を言い回ったりして……」

くすん、と、嘘泣《うそな》き感もバリバリに、柚月は言う。

「ぼ、僕は違うって！」

「ええ。もちろん、あなたは誠実な人だと思いますよ。見ればわかります。……ですから、それを証明してほしいんです。あなたがどれほど私を好きなのか、それを、はっきりと、わかりやすく、言葉で示してください。そうすれば私も、お付き合いしてもいいと思えるかもしれません。私を、ドキッとさせてみてください？」

にっこり。そんな風に笑う顔が、目に見えるような声だった。

「も、もちろん、いくらでも言えるよ！　まず、優しいところとか！」

「あら？　優しくなければ好きじゃありませんか？」

「え？　い、いや、そんなことは……あとは、ほら！　成績が良くて、人望が厚いところも……」

「褒めていただけるのは嬉しいですが、私と同程度に成績のいい方も、優等生な方も、他に大勢いらっしゃると思いますよ？　もっと、『私でなければならない理由』を期待しているのですけれど」

「それは……その………び、美人なところ……」

「ありがとうございます、よく言われます。……それで？　他には？」

男子生徒の声が、みるみる萎《しぼ》んでいく。同時に、気力とか勇気とか、そういうものも。

「……すみません。今の話はなかったことに………」

ガラガラと、ドアを閉める音が侘《わび》しく鳴る。最後まで芝居がかった言動を貫き、謎の男子生徒（声だけ出演）は保健室を出て行った。恭二の心に、あらゆる意味で絶大なインパクトを残しつつ。

「……ごめんなさい、真山くん。気まずい思いをさせてしまいましたね」

カーテンを開けて、柚月が声を掛けてくる。たった今、人を一人フったばかりだというのに、その顔には動揺一つない。

……とはいえ。

「……俺が口出すことじゃないですけど。良かったんですか、あれで」

責めるつもりじゃなかったけれど、円満な断り方とは言えなかった、とも思う。後々、トラブルになったりはしないんだろうか。

しかし、柚月はその辺りのことも含めて、やはり『慣れている』ようだった。

「真山くんの言いたいことはわかっていますよ。私だって傷付けたいわけじゃありません。……でも、どう言いつくろったところで、答えは変わりませんし。変に優しくしても、かえって思わせぶりになってしまいますから。嫌われ役を買って出たほうがいい場合もあるんですよ」

それこそ慣れた素振りで、なんでもない風に。

けれど、言葉の隙間に零《こぼ》れたため息には、わずかに、疲労感のようなものが滲《にじ》んだ。

「……告白だとか、お付き合いとか。皆さんどうして、そんなことにこだわるんでしょう。私からすれば、恋愛なんて、世間で言われるほどいいものでもないと思いますが」

そう語る声に、どこか棘《とげ》を感じて、恭二は少し面食《めんく》らう。柚月はモテるというし、告白されるのも初めてではないなら、しつこく付きまとわれて、嫌な思いをした経験もあったのだろうか。

「そういうもの……ですか」

「そういうものですよ。真山くんからすれば夢を壊されるようなものかもしれませんけど。……さっきも言ったように、私はよくお付き合いを申し込まれますけど。本気の人なんて、本当に数えるほどですよ。『その時』は本気でも、しばらくすれば気持ちなんて、いくらでも変わっていきますから。その程度の感情にこだわって振り回されている間は、結局、子供ということです」

語る口調は、それこそ本当に、大人が子供に言い聞かせるようだった。

でも、淡々としたその口ぶりは、まるで、『自分のことを本気で好きになる人なんていない』と、そう言っているかのようで。

「……本気じゃないってことは、ないんじゃないですかね。ほら、告白って結構勇気いるし。簡単な気持ちじゃ、できないと思いますけど」

気がついたら。柄にもなく、そんな言葉を口にしてしまっていた。

途端、驚いたように、柚月がこちらを振り返ってくる。真意を探るようにじっと見つめられて、恭二は思わず目を逸らした。柚月の事情も知らず、余計なことを言ったという後悔が湧いてくる。

「いや、あの……なんかすみません。知った風な口、利いて」

「いいえ、いいんですよ。真山くんの気持ちはよーくわかりましたから」

　直前までの真顔を嘘のように消して、柚月はにーっこりと顔一杯に笑みを浮かべた。

　だが、何故《なぜ》だろう。そこはかとなく、その笑みには不穏な気配が漂うような……。

「そうですね。真山くんならきっと、好きになった人にはそれは本気で真摯で真面目で大層な告白をするんでしょうね。ふふ、一体どんなことを言うんでしょう。とっても気になります。ぜひ一度聞いてみたいですね、うふふ」

「な、なんか怒ってます……？」

「いいえ。少しも」

　貼り付けたようなニコニコ顔が、ゆーっくりと迫ってくる。恭二の隣、同じようにベッドに腰を下ろして。こっちを覗《のぞ》き込んでくる柚月の表情は笑顔なのに、ものすごい圧を感じた。『そこまで言うならやってみろ』とでも言いたげな。

「真山くんがお手本のような愛の告白を見せてくれたら、不誠実な人たちのせいで傷付いた私の心も、少しは恋とか愛とか信じてもいい気持ちになるかもしれません。私がこの先、幸せな恋愛をできるかどうかは真山くんにかかっているということですね」

「そ、そう言われましても……っていうか先輩、それ絶対本気じゃないでしょ。からかってますよね、俺のこと」

「いいえ、いいんですよ？　真山くんが嫌なら断ってくれても。その結果、私がますます恋愛不信に陥り、一生真山くんのことを恨みながら生きていくことになったとしても、それは私の問題であって、真山くんのせいではありませんから」

うふうふうふふ、と、人の良さそうな笑顔がプレッシャーを掛けてくる。単に後輩をからかって楽しむというより、どことなく、ストレス発散の趣を感じた。やっぱり、余計なことを言ったのがまずかったのかもしれない。

……でも、少なくとも、嘘ではないのだ。

だったら、まあ、いいかなと思った。からかわれて恥を掻《か》いて終わるのだとしても、それで少しは、柚月の気が紛れるのなら。行きがかり上とはいえ、告白を盗み聞きしてしまった罪悪感もあることだし。

「……先輩」

「はい？」

緩やかに弧を描いて、長い睫毛《まつげ》が瞬《またた》く。面白がるように見つめ返してくる瞳を、正面から見返す。

「あのですね。俺、先輩のこと、皆が言うほど優しいとは別に思ってなくて。特別好きってわけでもなくて。むしろ、なんかいつも子供扱いされてる感じがして、正直苦手なんですけど」

「え、いきなり悪口なんですか。もっとこう、私の魅力的なところを話してくれたり、そういうのを期待していたんですけど」

「だって、俺はそんなこと偉そうに言えるほど、先輩のこと知ってるわけじゃないですし……わかった気になって、あれこれ言うほうが不誠実じゃないですか？」

脳裏に、さっきフラれていった男子生徒の顔が過《よぎ》る──いや、顔は見てないからシルエットだけなのだけども。柚月も同じことを思ったのか、「あら」と楽しそうに笑った。

「残念です。真山くんがさっきの彼と同じことを言うようなら、いじめてあげようと思っていたのに」

「まあ、そんなことだろうと思いましたんで」

「でもそれなら、『告白なんてやはり本気じゃない』という私の意見は、正しいんじゃありませんか？　皆、相手のことをよく知らないまま、イメージだけで『好き』なんて言っているということでしょう？」

「そういうんじゃなくて……知らないからこそ、知りたいと思うというか。そのために、友達じゃない、もっと近い関係になりたいと思うんじゃないですかね」

「……真山くんは、知りたいと思ってくれているんですか？　私のことを」

ふわり、と柚月の髪が揺れる。彼女が体を倒して、恭二に顔を近付けてきたからだ。

「いや、今のは一般論であって、別に俺が先輩をどうこうとかでは……」

「はい。それで、本当は？」

「…………………まあ。認めてもらえたら嬉《うれ》しいんだろうなとか。この人に好きになってもらえたら幸せなんだろうなって、そういうことは、考えたりしますよ」

「それは、つまり？　もっとはっきり言ってくれないとわかりませんね。もっと知りたいと思う人に気持ちを伝えるなら、真山くんはどんな風に言うんですか？」

……どうやら柚月は、どうあっても、恭二にその一言を言わせたいらしい。

からかわれているのはわかっている。正直、もう勘弁してほしいとも。でも、柚月に許してくれる気配がないのは明らかで、楽しげに覗き込んでくる笑顔を、押しのけられないのも事実だった。

だから恭二は息を継ぐ。緊張していると思われるのはいやだったから、さりげなく。別に本当に告白するわけじゃないんだから、と己に言い聞かせて。

「——先輩、好きです。俺と付き合ってください」

……もちろん、本気ではない。そんなことは柚月だってわかっているだろう。
でも恥ずかしいもんは恥ずかしいのだった。柚月の顔を直視できなくなって、顔ごと下を向く。

が、ここで下手に言葉を引っ込めようものなら、それこそ『お子様』以外の何ものでもない。

だから恭二は懸命に真顔を保ちながら、柚月のリアクションを待つ。『冗談ですよ』と、そう言って笑って、話を終わらせてくれることを。

……なのに。いつまで経《た》っても、隣の柚月は無言のままだった。

まさか、恭二の台詞《せりふ》があまりにも論外すぎて、言葉も出ないのだろうか……と、ちょっとヒヤヒヤしながら、恐る恐る横を見る。

見て。危うく、『え?』と、声に出かけた。

柚月の顔。

それが、見たこともないほど真っ赤になっていたから。

「せ……先輩?」

零れ出た声は、話しかけるというよりほとんど無意識。

途端、ビクッと、柚月が大袈裟《おおげさ》なくらいに体を揺らす。

「なっ……なぬ、な、なんっ……ですか……。ぜ、ぜんぜん! ふ、ふふふつ、ふつうではないですかかかかか……」

背筋だけはピシッと伸ばしたまま、柚月はスライドするような動作で恭二から距離を取った。そしてそのまま、滑りすぎて床に尻餅。「づっ⁉」と、苦悶《くもん》の声が漏れる。

「だ、大丈夫ですか⁉」

「ももも、もちろんです! こ、このくらい、なんともありませんとも! 私は、おと、お、〝オトナ〟ですから‼」

『だからどうしたんですか?』と、恭二がツッコミを入れる前に、校内にチャイムが響いた。昼休みの終わり、その五分前を告げるチャイム。

「え、嘘《うそ》、もうそんな時間――ゴホン！　い、いけませんね。このままでは授業に遅刻してしまいます……そ、そういえば！　午後の授業の準備を手伝うよう、先生から頼まれていたんでした！　ですから、早めに教室に戻らなければ！　で、では、私はこれで失礼しますね！」

まさしく嵐のように。バタバタと騒がしい足音を残して、柚月が保健室を出て行く。いつもの落ち着き払った優雅さなんて、そこには欠片《かけら》もなく。

狐《きつね》につままれたような気持ちで、恭二は開きっぱなしのドアを見つめる。

「…………は？」

口にできたのは、それだけだった。

PM 17:15 ～その頃の柚月～

——白瀬《しらせ》柚月は、高校二年生ながら、既に一人暮らしをしている。

別に両親と折り合いが悪いとかそういうことはなく、単に、実家が高校から遠く、こうでもしなければ通うのが大変だからだ。人に言うと大抵驚かれるけれど、姉も高校時代、同じ理由で一人暮らしをしていたのもあって、柚月にとっては、そんなに特別なことをしている意識はない。

「ただいまー」

『せめてお母さんだけでもついていこうか？』と心配する両親を説得し、学校近くのマンションに越してきてから一年超。

誰もいない家に帰ってくるのも、『おかえり』の言葉が返ってこないことにも、もう慣れた。さしたる感傷もなく、靴を脱いで中に上がり、自室に入ってカバンを置いて、それから。

「——あーあああああー!!　あああ、うあああー!!」

壊れた。

誰もいないのをいいことに、柚月は奇声を発しながら床に倒れ込んだ。頭を抱え体を丸め、じったんばったんゴロゴロゴロビターン！　と部屋中を転げ回る。制服のスカートがめくれて下着が丸出しになるが気にしていられない。今はパンツどころではない。

「あー、いや！　もーいや!!　なんであんな反応しちゃったの私はあああ!!」

思い出したくもないのに、今日の失態が脳裏に蘇《よみがえ》ってきてしまう。恭二《きょうじ》の前で、あっさり真っ赤になってしまったこと。

——本当は、男子と付き合ったことなんてないって、それどころか親しく話をしたこともないんだって、バレたかもしれないこと。

「だめ、だめよ、それだけはだめ……!!　この一年間、苦労して築き上げてきた私のイメージが!!」

床に這《は》いつくばったまま、柚月は『あー！』と頭を掻《か》きむしる。散々転げ回ったせいで制服はしわくちゃの髪はボサボサ。これはこれでイメージが崩壊しそうな絵面《えづら》だったが、ここには誰もいないので別にいい。

問題は。

「うぅぅ……！　なんで!?　なんでよりによって真山《まやま》くんなの!?」

——恭二は覚えていない様子だけれど。本当は、柚月《ゆづき》は彼を知っているのだ。高校で再会する、ずーっと前から。

柚月にとっては、何年経っても忘れられない……初恋の相手。

出会いは小学校低学年。その日、柚月は体調を崩して、保健室のベッドを借りていた。

『彼』は。柚月の使うベッドの隣、気持ち良さそうに、すやすやと眠っていたのだった。

最初は、よく寝てるなーと思って見ていただけ。気分は悪くてもなかなか寝付けなくて、退屈だったというのもある。

でも、眺めているうちに、その子が目を覚ましたのだ。しっかり目が合ってしまって、なんだか、ものすごく恥ずかしくなってしまったのを覚えている。あの時の自分は、さぞ真っ赤な顔をしていたろう。

『君も、具合悪いの？　大丈夫……？』

それが、初めて交わした言葉。

彼は、生まれつき体が強くないらしい。あまり授業も出られなくて、大抵は保健室にいるのだと言っていた。……一人で、寂しいのだとも。

だから、柚月は休み時間、暇を見付けては、保健室にお見舞いにいった。名前を聞いて、学年もわかって――聞いてみたら一つ下でびっくりした――色んなことを、話すようになった。

……当時の柚月は今と違って、運動も勉強も得意ではなく。何をやっても失敗ばかりしていたから、周りのクラスメイトから、からかわれることも多かった。それが悔しくて、見返したいと頑張ってみても、『ドジが勉強してるぞー』なんて、余計に笑われる始末。

でも彼は。保健室で知り合った、一つ年下の彼だけは、柚月のことを、笑わないでいてくれた。『いつも頑張っていてすごいね』って、柚月の努力を、認めてくれた。

彼と話していると、柚月は妙に、ソワソワした。他の誰とも違う、ふわふわと落ち着かない感覚。でも、決して嫌じゃない気持ち。

つまり……恋心、的な。

何よりもドキドキしたのは、一緒にいると、恭二も同じ気持ちでいることが、なんとなく伝わってきたからだった。目が合うと、赤くなって、逸《そ》らす。でも顔を見ていたくて、何度も視線をやる。ちょっとでもそばにいたいのに、隣にいると、近付いた肩がとっても熱い。

初恋だった。はしゃいでいた。浮かれていた。

——要するに、自分はとんだお子様だったのだと、今となってはよくわかる。

『えっと……ご、ごめんね。僕も、君といるのは楽しいけど……僕たちは、まだ、子供だし。す、好きとか、そういうことは、まだ早いんじゃないかな……』

忘れもしないあの運命の日。『話したいことがあるの』って、約束したとおりに足を運んだ保健室。「好きです」、と目一杯の勇気で告白した柚月に、あの男は無情にもそう言ったのだった。

柚月は生涯忘れはしないだろう。あの日の怒りを、悔しさを。生まれて初めて、他人様の顔面を思いっきりぶん殴りてえと思ったあの瞬間を。

しかし、柚月がちょっとショックで不登校を煩っている間に、にっくき真山某《なにがし》はなんと転校してしまったのだった。柚月の怒りを察して逃げたのかもしれない。本当に最後まで腹立たしい。

その屈辱の体験が、幼かった彼女を一つ『オトナ』にした。

以来、柚月はそれまで以上に猛勉強、同時に、苦手だった運動を克服するべく努力を始めた。地味そのものだった見た目にも人一倍気を遣うようになり、大嫌いなピーマンだって食べられるようになった（好きになったとは言ってない）。全てはもう二度と、あんな屈辱を味わわないために。

そうして高校生になった現在。努力の甲斐《かい》あって、もはや柚月を侮る《あなど》人間はどこにもいなくなった。誰もが彼女を褒めそやし、尊敬の眼差《まなざ》しで見つめる。男子から告白されたことだって数え切れない（たまに女子からも告白される）。

……とはいえ。もう、恋だの愛だので一喜一憂するほど子供ではなかったから。そういうものは、全て断ってきたけれど。

これぞ、ずっと目指し続けた完璧な自分。理想通りの毎日に、柚月は大いに満足していた――あの男が、同じ学校に入学してくるまでは。

「つーかあいつ、なんで私のこと覚えてないのよおおおお!! そりゃあ確かに!? あの頃の私は地味で目立たなくて勉強しか取り柄がないダッサイ眼鏡の小娘だったけど!? だからって名前言っても思い出さないってどゆこと!? 私、告白したじゃない! 告白したのに!! なのにあいつにとっては、覚えてるほどの出来事でもなかったってわけぇぇぇぇ!?」

うあああ、と。激情をぶつける先もなく、その辺のクッションをひとしきりこねて、ねじり回して。

そこでパタッと、柚月は勢いを失った。座り込み、さっきまで散々無体を強いていたクッションに顔を埋《うず》める。亀のように小さく丸くなって、ぽつりと声を零《こぼ》す。

「……………初恋、だったのに」

言葉はクッションに吸い込まれて、誰の耳にも届かない。

「ま、まあ⁉　昔の話だけど、所詮は⁉　あんな地味で特徴なくてなんかいつもクールぶってでもたまに見せる笑った顔が妙に優しかったりなんかしてよくよく見たらちょっとカッコイイかもしれないと思わなくもない奴《やつ》、どうだっていいけど‼」

訪れる沈黙を振り払うように、柚月は再び顔を上げた。自分の言葉に自分で煽《あお》られるように、萎《しぼ》んでいた怒りがぶり返していく。あるいは意識して、そうする。

だって本当に、もうあんな男のことなんて、どうでもいいのだ。好きだったとか言ったって、そんなものは遥《はる》か昔の黒歴史。もうとっくに、破いて丸めてゴミ箱に叩《たた》き捨てた記憶だ。だからこそ、高校で再会してからも、柚月は知らぬ存ぜぬを通して、初対面の体を装《よそお》っていたのだし。

……別に、向こうが全然覚えてない様子だったから、言い出すのが躊躇《ためら》われたとか。いざ言ってみて、『誰だっけ？』とか言われたらどうしようとか、そんな理由で黙っていたわけじゃない。決して。断じて。

自分とあの男は最早《もはや》他人。ただの先輩と後輩。それだけなのだ。そういう設定で行こうと、そう思って。

――――でも、あの一言は無視できなかった。

「そもそも何よ、あの言い草は!!　なーにが『告白って勇気がいるものだと思う』よ!!　人のことは振ったくせに!!　私の告白は断ったくーせーにー!!」

だから、やり返してやろうと思った。

あいつが自分にそうしたように。自分もまた、彼の告白を綺麗《きれい》さっぱり断ってやろうと。『そういうのはもっとオトナになってからにしましょうね』って、鮮やかに優雅に微笑《ほほえ》んでやって。精々恥ずかしい思いをすればいいと。

そのはず、だったのに。

『――先輩、好きです。俺と付き合ってください』

「きゃー!!!!　きゃーあ!!　きゃあああ！！！」

突然、わけがわからなくなって、柚月は叫んだ。とにかくじっとしていられなくて、手の中のクッションにボスボスボス！　と拳をねじり込む。

「違う違う違う！　別に照れてなんかない照れてなんか!!　うみゃあああ!!」

ボロ雑巾と化したクッションを壁に叩き付け、柚月はなおも唸《うな》る。吠《ほ》える。このままでは済まさない、と暴れ猛《たけ》る感情のまま。

「見てなさいよ、真山恭二……!!　もう私は、あの日の私とは違うんだから!!　完璧な美人に成長したこの私を見て、自分がどれだけもったいないことをしたか思い知ればいいんだわ!!」


——そう。こうなったらもう他人の振りなんてしてやらない。

吠え面《づら》を掻《か》かせてやる、今度こそ。

そのためのプランは、もう、考えてあるのだ。

第二話

「よう、真山《まやま》。どした？　なんかいつも以上に目が死んでっけど」

――HR前の教室。横の席から話しかけられて、恭二《きょうじ》は視線をそちらに。

朝っぱらから失礼な物言いの主は、クラスメイトの青柳寅彦《あおやぎとらひこ》。通称はトラ……といっても、そう呼んでいるのは、恭二が知る限り一人だけだけれども。

染めた髪に着崩した制服。吊《つ》り目気味の目付きも相まって、見た目の印象はシンプルに怖そう。そしてガラ悪そう。

とはいえ、不良っぽいのは外見だけで、話してみれば普通にいい奴なのだった。

その証拠に、

「……ひょっとして体調悪いか？」

律儀《りちぎ》に潜めた声は『体が弱いことをあまり知られたくない』という恭二の意を汲《く》んだもの。

寅彦との付き合いは、入学当初まで遡る。恭二が保健室で休んでいたところに、怪我《けが》をした寅彦が来て、偶然鉢合わせたのだ。

以来、隣の席のよしみもあって、寅彦はちょくちょく、恭二に声を掛けてくるようになった。

とはいえ、今日のように体調を心配されることはむしろ少なく、大半はどうでもいい雑談が占めるのだが。

「……別に、いつも通りだよ」

「あ、そ。なら、いいけどよ」

あっさり会話を終わらせて、寅彦はスマホを弄《いじ》り始める。「じゃあ最初から聞くな」と言いたくなる雑さだが、そのほうが、恭二にはかえってありがたい。寅彦が変に気を遣わないからこそ、こうして友人付き合いを続けられている節もあるのだ。

体が弱いからと、だから親切に『してあげなくちゃ』と。そんな風に、腫れ物に触るように遠巻きにされる生活は、中学で懲りた。

だから高校では、体質のことは誰にも知られまいと決めたのだ。担任にも口止めしているため、しょっちゅう教室からいなくなる恭二は、クラスメイトから不良だと思われ、それとなく距離を置かれていた。おかげで寅彦以外に声を掛けてくる人もいないけれど、むしろ好都合だと思っている。

何もかも、普段通り。代わり映えのしない、いつもの教室、いつもの朝。

……でも、不意に思い出してしまう。いつも通りでなかった昨日のことを。

（そういや……体のこと、トラに話す羽目になったのも、先輩のせいだったっけ）

恭二は風邪で済ませようとしたのに、寅彦が恭二のクラスメイトと知るや、居合わせた柚月《ゆづき》がお節介を焼いてくれたのだった。『余計なことを』と恭二は結構本気で文句を言ったものだが、柚月は微笑んで、動じもしなかった。

その、思い出の中の笑顔が、昨日の真っ赤っかに塗りつぶされる。こうして思い返しても、夢でも見たんじゃと思うほど、柚月らしからぬ顚末《てんまつ》。

それが気にならないかと言えば、もちろん大嘘《おおうそ》だったが。

（……でも、俺には関係ないしな。どっちみち）

気になるからと言って、あれこれ詮索できるような間柄でもない。

自分と彼女は、ただの先輩と後輩。部活や委員会が同じわけでもないのだ。彼女にとってみれば、恭二なんて、たまに保健室で顔を合わせるだけの、その他大勢の一人に過ぎないんだろう。

だから――忘れたほうがいいのだ。余計なことは、全部。

「……おい、真山。おいって」

ぼんやり窓の外を眺めていたら、ちょいちょい、と寅彦に肩をつつかれた。『今度はなんだよ』と、恭二は投げやりに振り返ろうとして、

「おはようございます、真山くん」

にっこりと、花が綻ぶような優雅さで、目の前の顔が微笑む。ここにいるはずのない人が。

『は?』と、思わず声が出そうになった。というか出た。

「……何してるんすか、先輩」

「決まっているじゃありませんか。……会いに来たんです、真山くんに」

ふふ、と、露骨に思わせぶりなトーンで、柚月は笑ってみせた。教室のざわめきがひときわ大きくなる。クラス中の注目を集めていることに今さら気付いて、居心地の悪い汗が背筋を垂れた。

どう考えても目立ちまくっているのだが、柚月は気付いていないのか——それとも、わざとなのか——ゆっくりと、恭二に顔を近付けてきた。そして。

「……ここではなんですから、二人っきりで」

わざわざ顔を寄せてきたくせに、その声はちっとも潜められてはいなくて、周りで聞き

耳立てているクラスメイトにはきっと丸聞こえだったろう。さすがに焦《あせ》って、恭二は飛び上がるように席を立つ。

「ちょっ……！　妙な言い方やめてくださいって……！　別に、用があるってんならここで……」

「あら。いいんですか、ここで話してしまって」

とん、と指先を唇に添えて、柚月は優雅に大人の微笑。さらにざわつく周囲。止まらない背中の冷や汗。

「わ、わかりました……！　じゃあ、ほら、早く行きましょうって！」

「急《せ》かさないでください。心配しなくても、時間はまだありますから……ね？」

『お騒がせしてごめんなさい』、と柚月は周りのクラスメイトに一礼。自身に集まる視線を気にもせず、悠々と教室を出て行く。

一人で残されてはたまったものじゃない。急いで、恭二も後を追いかけた。

◆◆◆

柚月に連れられて、やってきたのはいつもの保健室。

都合のいいことに、養護の先生は不在だった。部屋に入ってドアを閉めて。誰にも聞かれる心配がなくなったところで、教室では言えなかった不満をぶつける。

「あのですね、先輩‼　なんなんですか、さっきのは‼　人をからかうのも大概にしてくださいよ‼」

「人聞きが悪いですね。からかったつもりなんてないのに」

「どこが‼　あからさまに悪意あったでしょうが、あの言い方！　どうすんですか！　絶対変な誤解されましたよ、あれ‼」

「構いませんよ。私は、真山くんとなら。……なんなら、誤解ではなくしてしまいましょうか」

微笑《ほほえ》む柚月は、心なしか満足げに見えた。その余裕たっぷりの態度に、恭二もようやく気付く。なんか思ってた流れと違うことに。

「いや、あの……それはどういう……」

「『本当に、付き合ってしまいましょうか？』と、言っているんですよ」

くすくす、と笑う柚月の顔を、間抜けに見返す数秒間。その言葉が昨日のやり取りを指していると理解して、『はぁ⁉』と心の底からの驚きが漏れる。

「……そんなに驚くことですか」

「いや驚くでしょう⁉　普通は⁉」

「あら、意外ですね。昨日は、あんなにねちゅれつに告白──」

「……噛《か》みませんでした？」

「噛んでいません。幻聴です」

なんか食い気味に言い切られた。

恭二が疑わしげな目をしていることに気付いたのか、柚月は「やれやれ……」みたいな顔で、ファサッ、と髪を一払い。

「あら？　昨日は自分で言い出したのに、今さら取り下げるんですか？　ひどい人ですね

……女心をもてあそぶなんて」

「そ、そういうつもりじゃ……っていうか、先輩こそいいんですか。俺と、その……」

「私は構いませんよ？　そう言っているじゃないですか」

「か、構わないって……そんな簡単に」

「ふふふ、考え方が固いですね。むしろ古いですねー。まあ？　真山くんは私と違って未経験のお子様ですから？　いざとなったら尻込みしてしまうのも仕方がないかもしれませんけど！」

何がおかしいのか、柚月はそりゃもう機嫌良さそうに『うふふふー』と笑う。

明らかに、かつ唐突に、全力で小馬鹿にされていた。

そうなると、恭二としてもさすがにカチンと来るわけで。

「いいですよ。そういうことなら、私が手取り足取り、オトナの階段というものを――」

「へー。じゃあ、モテなくて可哀想《かわいそう》な俺のために、先輩がキスとかしてくれるってことですか？　わー、先輩ってばちょー優しいー。大人ー」

「えっ」

すごい勢いで両目を見開いて、柚月がこっちを凝視してくる。今にもぐるんぐるんとその目玉が回り出しそうなほど、顔中に焦りと困惑が見て取れた。

……別に、今のはただの売り言葉に買い言葉的なもので、恭二だって本気じゃない。

でも、さすがに子供っぽすぎたとは思った。我に返ったら急速に後悔と恥ずかしさが襲ってきて、恭二は気まずく目を逸《そ》らす。

「いや……すみません。今のは冗談みたいなもんなんで――」

「い、いいでしょう！　わ、わた、私はオトナですから‼　ま、ままま、真山くんがそこまで頼み込むのなら、お願いを聞いてあげましょう！」

『ぐい！』と襟を引っ張られて、「ぐえっ⁉」と思いっきりよろめく。

「ちょっ、何す――」

文句は、口にできなかった。

目の前に、柚月の顔があって。

ガチ、とわかりやすく全身が固まる。慌てて身を引こうとするけれど、柚月がこっちの制服の襟をがっちり握っているせいで、身動きが取れない。

何より――あまりにも、近すぎるから。下手に動くと、目の前の綺麗《きれい》な顔に、触れてしまいそうで。

「な、なん、ですか……⁉」

「暴れないでください‼　狙いが定まらないでしょう！　口を閉じて！　じっとして！　大人しく！　いいですね⁉」

叫ぶ柚月の顔は文字通り真っ赤だった。肌をほてらせる熱が、こっちにまで伝わってきそうなほど。『ヒーターみたいだな』と、ラブの欠片《かけら》もない思考が脳裏を過《よぎ》る。こんなラブコメみたいなシチュエーションなのに。

というか。

「大人しくって……ちょっ、なんすか⁉　何しようとしてんですか⁉」

「だ、だから〝きちゅ〟を――ちが、じゃなくて〝きしゅ〟！　き……きっ……！　ああ、もう……‼」

今にもキスしそうなほどの至近距離で、柚月の愛らしい顔が猛烈に歯噛みする。顔の火《ほ》照《て》りはいよいよ増して、爆発寸前の溶鉱炉を思わせる赤さになっていた。

「とにかく『きしゅ』です！　きしゅするんです！　真山くんがそう言ったんでしょう！」

「いや、そんな噛んでは――ぐふっ」

冷静に指摘したら首を絞められた。プロかと思うほど鮮やかな手捌《てさば》き。あれ、『経験がある』ってそういう？

しかも。こともあろうに、そのままの体勢で顔を近付けてくるものだから、恭二は色んな意味で、色んなことに抵抗する。

「ちょっ、やめっ……襟、せめて襟を離してくださいってば……！」

「ううう……なんですか！　さっきからうだうだと！　きしゅしてほしいと言ってきたのは真山くんのほうでしょう！　そ、それとも……私ときしゅするのは、そんなに嫌だとでも言うんですか……⁉」

じわりと、柚月の目の縁に光るものが滲《にじ》んだ気がして、恭二は動きを止めた。藻《も》掻《が》くのをやめて、瞬《まばた》きすらも忘れて、思わず、柚月の顔を見つめてしまう。

でも、何かを考える余裕を、柚月は与えてくれない。これまで以上の力で襟を引っ張られて、ただでさえ近かった顔がより接近する。

それは。その瞬間だけを見れば、きっと。いかにもな、キスシーンに違いなくて――。

直後。そのいかにもな空気を叩《たた》き壊すように、予鈴が鳴った。


「……今日のところは、このくらいにしておいてあげましょう」

「……好きですね。その台詞《せりふ》」

「ですが！　大目に見てあげるのは今日だけですから！」

づびし！　と鼻先に指を突きつけられて、後ろにひっくり返りそうになった。

仰《の》け反る恭二を見据えて、柚月は言う。態度だけは堂々と。しかし、顔は真っ赤にしたままで。

「いいですか、真山くん。昨日のあれは、何かの間違いですから。べ、別に、真山くんにしゅしゅしゅしゅ……」

ぷしゅぅ～、と柚月の頭から煙が噴き上がった（ような気がした）。

「しゅっ、好きと言われたから、照れていたのではありません‼」

「は、はぁ……」

「あ、あんなことで動揺なんて、普段ならしないんですから！　勝った気にならないでくださいね！　いいですね⁉」

どこからどう見ても限界ギリギリの赤面顔で『キッ』と見据えられ、他に答えようもない。

「私が、ちゃんと『オトナ』なんだということを、きっちり証明してあげます！　明日から、覚悟しておいてくださいね！」

それは多分、宣戦布告とか、そういう類いのものだった。

肩で風きって——というにはそそくさと。逃げるように去って行く柚月の姿は、普段の落ち着き払った態度とはまるで別人。おかげで、告げられた言葉も、つい先ほどの顔の近さも、何もかも現実味がない。まるで、夢でも見ていたみたいだ。

だから恭二はまだ気付かない。明日から自分の身に何が起こるのか。柚月が告げた『覚悟しろ』という宣言の意味を。

——ちなみにその後。柚月に置いて行かれる形になった恭二は、無事ＨＲに遅刻した。

AM 9:05 ～その頃の柚月～

中央の最前列、教卓真正面。教室の中で一番目立つその場所が、柚月《ゆづき》の席だった。
美しく背筋を伸ばし、きりりと前を向いて。手際《てぎわ》よく板書を写していく姿は、どこからどう見ても、完璧にいつも通り。百点満点の優等生っぷりである。

――が。見た目のパーフェクト具合とは正反対に、その頭の中は大嵐の世紀末。最早《もはや》授業どころではないほど、荒れに荒れて混沌《こんとん》の様相を呈していた。

(こんなはずじゃこんなはずじゃこんなはずじゃこんなはずじゃううあー!!)

気を抜けばそこら辺を転げ回りそうになる体を、必死でイスに押さえつける。『ピクピクピク!』と、真顔を取り繕う表情筋が危険に痙攣《けいれん》する。
こんなはずではなかった。何もかもが予定と違う。
柚月の計画では、真っ赤になって慌てるのは恭二《きょうじ》のほうだった。狼狽《うろた》え、困り果てる彼を思う存分からかって、大人の余裕を見せ付けてやるはずだったのに。

（なのに!!　なのにどうして!!）

そもそも、何故《なぜ》にあの男はろくに照れもしなかったのか。女子から『付き合ってもいい』なんて言われたら、多少は舞い上がるのが普通の未経験というものではないのか。

少なくとも、柚月だったら――。

『――俺と付き合ってください』

「あー!!」

「ど、どうした!?　白瀬《しらせ》!?」

ガターン！　とイス蹴倒して立ち上がる柚月に、教室中が驚いて硬直。我に返って柚月も硬直。板書をしていた教師まで、愕然《がくぜん》と振り返る。

「…………コホン。失礼しました。このところ、『起立発声法』という自学自習のテクニックを試しているもので、つい普段の癖が」

「お、おう。そうか……ち、ちなみに、その『起立なんとか』ってのは、どういう……？」

「はい。まず、定期的に立ち上がることで、滞りがちな脳への血流を促進。また、発声には酸素の供給を高める効果が期待できるとされています。意識して大きな声を出し、肺を動かすことが重要とか」

「へ、へぇ。そりゃなんか……すごいな」

『さすが白瀬だ』と、教師が感嘆の声を漏らす。クラスメイトの反応も似たようなもので、中には熱心にメモを取る生徒もいた。自分も試してみよう、ということだろう。

……一瞬罪悪感が脳裏を掠《かす》めたが、『全くのでたらめじゃないし……』と思い直す。血流も酸素も勉強においては重要だ。ちょっと方法は独特……というか奇抜かもしれないが、間違ったことは言っていない……いないよね？

もう一度、騒がせてしまったことを謝って、席に座り直す。何事もなく再開される授業。

（これで一応、私の優等生のイメージは守られたはず……!!　さすが私！）

これもひとえに、柚月が今まで培《つちか》ってきた人望の賜物《たまもの》だろう。柚月が多少おかしなことを言い出しても、やらかしても、『白瀬さんが言うならそれが正しいんだろう』と、大抵のことは信じてもらえる。

なのにどうして、恭二はそうではないのか。

完璧に取り繕ったはずの『オトナ』の仮面が、呆気《あっけ》なく崩れてしまうのは何故なのだろう。

一番、わけがわからないのは、

それが案外、嫌ではない、ということで。

『先輩、好きです』

『好き』

『先輩』

『超かわいい』

『結婚しよ』

『おもしれー女』

（待って待って待って‼　そこまでは言われてない言われてなあーあーあー！）

最早板書などできる精神状態ではなく、柚月は真っ白なノートを前に彫像と化す。それでも外面だけはきっちり優等生。たとえどれだけ脳内が大変なことになっていようとも、動揺などおくびにも出さない。

（とにかく‼　全部全部全部、あいつのせいなんだから‼）

クラス中の誰一人あずかり知らぬところで、柚月はメラメラと、恭二への怒りを募らせるのであった――。

第二章
「私は経験豊富なんです」などと供述しており

第三話

——昼休み。食事を早々に済ませて、恭二《きょうじ》は保健室に向かった。

今日は、別に休むのが目的じゃない。ただ、保健室の常連だと、担任から届け物を頼まれることがちょいちょいあるのだった。

保健室に何を届けるんだと思うけれど、書類とか荷物とか、案外色々あるらしい。サボっていると睨《にら》まれないで済むのはいいが、これはこれで面倒くさい。

（おまけに、重い……）

塵《ちり》も積もればなんとやら。一抱えほどもあるプリントの山は、紙っぺらのくせにやたらと重たいのだった。早くどっかに下ろしたくて、必然的に歩くスピードも速まる。

「失礼しま——」

「……はい、終わりましたよ」

とっさに、開けかけたドアから手を離す。

保健室には、先客が二人いた。膝頭にガーゼを当てた、ジャージ姿の女子生徒。そして、彼女の足下に屈《かが》んで、おそらくは、手当てをしてやっていたのであろう柚月《ゆづき》。

「どうです？　苦しくはありませんか？　違和感があれば言ってくださいね」

「大丈夫です。すみません……私、先輩にご迷惑を……」

「迷惑なんかじゃありませんよ。私でも、このくらいの手当てであればできますから」

優しく微笑《ほほえ》む柚月だが、女子生徒のほうは、やはり心苦しそうだ。俯《うつむ》き、怪我《けが》した足を見下ろすその唇が、わずかに震える。

「いえ、先輩に対してだけじゃないんです。私、ドジで……転んで怪我とか、本当、しょっちゅうなんです。友達も、皆、本当は私なんかに付き合うの嫌なんじゃやって……」

堰《せき》を切ったように、女子生徒の口から弱音が零《こぼ》れ出る。廊下に恭二がいることなんて、ちっとも気付いてはいないのだろう。

（さ、最近こんなのばっかりじゃないか、俺……？）

思い出すのは、つい先日の告白劇。またしても盗み聞きの罪悪感に駆られ、恭二は元来た廊下を振り返りかけるが、

「……でも、わざと転んだわけではないのでしょう？」

ドアの向こう。柔く微笑むように、柚月がそう言う。

それは、くすぐったくなるような記憶を、恭二に想起させるもので。

『――我慢しなくていいんですよ』

「もし、お友達が転んで怪我をしていたら、あなたはそれを見て、うんざりしますか?」

「そんなこと……」

「なら、あなたのご友人も、きっとそう思っていますよ。だから、そんな風に自分を責めたりしないでください。私との約束です」

「あ……はい」

恐らく、指切りか何かしたのだと思う。女子生徒の、はにかむような笑い声が聞こえて……それから、二人が立ち上がる気配。考え込んでいた恭二は、そこでやっと、我に返る。

(って、やべ……!)

慌てて、その場を後にした。階段の陰に身を隠したところで、ドアの開く音が聞こえる。

「ありがとうございました」という声、そして足音。それは順調に遠ざかって……と思った矢先に、不意に止まる。

「――あ、戻ってきた! 怪我大丈夫だった?」

「う、うん……様子、見に来てくれたの?」

「んー、まあ……大袈裟《おおげさ》だった?」

「ううん！　ありがと……えへへ」

……相手は、さっき話していた友達だろうか。楽しげに話しながら、女子生徒の声は今度こそ去って行った。

「…………それで？　真山《まやま》くんは、そんなところに隠れて何をしているんですか？」

「うわ、先輩!?」

いつの間に。

「もう。そんなに遠慮しなくても、普通に入ってきてくれて良かったんですよ？　そのプリントだって重かったでしょうに……」

「そうは言っても、あのタイミングで入っていきにくいですよ」

仮にあの時、自分が中に入っていけば、女子生徒は慌てて保健室を出て行こうとしただろう。打ち明けた悩みに対する、柚月の返事を聞かないうちに。そうなれば、彼女が廊下で、友達と出くわすこともなかった。

結果論だけれど、やっぱり、こうするのが一番だったのだ。

「……あまり周りに気を遣ってばかりいると、やりにくくありませんか」

「気を遣った内に入らないでしょ、こんなの」

答えて、それから、気付く。

柚月が何か言いたげに、恭二の顔を見ているのだった。

何か、というか……どことなく、不満そうに。

「……何よ、格好つけて」

ふい、と恭二から視線を外しぎわ、柚月の唇が小さく動く。

いや別に格好つけては……と、弁解する暇もなく、柚月はスタスタと保健室に戻っていった。

途端、腕に抱えたプリントの重みを思い出し、恭二も後に続く。

行ってみると、柚月はドア口に立って、恭二のためにドアを開けておいてくれていた。

……機嫌が悪いのかなんなのか、よくわからない。

それとも、これも柚月に言わせれば、親切のうちに入らないということなのだろうか。

「そういえば、養護の先生は？」

「今は席を外しています。その間はいつも通り、私が留守を預かることになりました」

「……前からちょいちょいありますよね、いないこと。こういうのって常駐してなきゃいけないイメージありますけど」

「いえ、それほど頻繁ではありませんよ？　どちらかというと、真山くんの来るタイミングが悪いんだと思いますけど。それに、真山くんが思っているより、養護教諭というのはずっと忙しいんです。怪我や病気の対応だけが仕事ではないんですよ？」

「そうなんですか？」

「私も詳しいわけではありませんが、先生がご自分で仰《おっしゃ》るには、そうらしいですね」

「へー」

　思わぬ豆知識だった。

「そういうもんなんですね……保健の先生っていうと、なんかいつもいるってイメージ強くて。小学校の時、よく保健室行ってたので」

「しょっ」

　ガーゼやらテープやらを片付けていた柚月が、ごいんっ、と棚に額を強打する。

「ちょっ……大丈夫ですか？　結構いい音しましたけど」

「〜〜〜っ……た、大したことはありません。わ、私は、オトナですから」

　なんだか聞き覚えのある台詞《せりふ》だった。そして、覚えのある展開だった。

　恭二の目の前、デコを押さえる柚月の顔はほんのり赤い。その色味は、つい先日の出来事を思い出させるには十分すぎた。保健室に二人きり、という状況も手伝って、急にそわそわしてくる。

「真山くん？　一体どうし――ああ、なるほど……」

不思議そうだった柚月の背後に、『理解』の二文字が浮かんだ（ように見えた）。にまぁ、と、その口元に笑みが浮かぶ。

いつもの穏やかなのとは違う。妙に、勝ち誇ったような顔。

「……もしかして、照れていますか？　この前のことを思い出して」

「……そういうわけじゃないっすけど。てか、照れてたのはむしろ先輩のほう――」

「ふふふ、未経験の真山くんにはやっぱり刺激が強すぎたかもしれませんね。まあ私はオトナですから？　もう全然気にしていませんけど、ええ全然」

ふっ、と柚月が顎をそびやかす。

……こんなキャラだっけ、この人。

「でも、そんな調子では困りますね。これからも、真山くんには色々と教えてあげる予定なんですから」

『は？』と目を瞬《またた》かせて。同時に浮かび上がってくるのは、この前の柚月の、あの言葉。

「えぇ……マジだったんですか。あの『覚悟しろ』とか言うの」

「当然です。私はオトナですから。一度口にしたことにはちゃんと責任を持ちますよ？」

……それに、真山くんはまだ何か誤解しているようですし。このままにしておいては、私の名誉にも関わりますから」

最後の台詞は、ひときわ強い口調で。いっそ必死なまでの頑《かたく》なさをその奥に感じて、恭二は内心ため息を吐き出す。

（やっぱこの人、口で言ってるほど経験ないんだろうな……）

一連のリアクションを見ていれば、柚月に恋愛経験が乏しそうなことくらいは想像がつく。

広まっている噂《うわさ》の、どこまでが本当で、どこまでが誇大広告なのかは知らないが。柚月からしてみれば、それは絶対に人に知られるわけにはいかない秘密なんだろう。そう考えれば、こうまでしつこく絡《から》んでくるのにも合点がいく（承服はしかねるが）。

「別に俺、言いふらしたりとかしませんけど」

「ふらすもふらさないも何も、誤解です」

「そんな気にすることですかね、経験乏しいのとか。見栄《みえ》張ってたってバレるのはそりゃ恥ずかしいでしょうけど、むしろいいんじゃないですか？　なんでもできる先輩が実はウブとか、そういう設定好きな奴《やつ》多いと思いますけど」

「ふぶぁっ⁉」

いきなり、柚月が奇声を発した。そして死にそうに咳《せ》き込む。

「何事ですか⁉　てか大丈夫ですか⁉」

「だ、大丈夫です、問題ありません！　わた、わたたったし、私はおとにゃですから！」

どう見ても大丈夫じゃないのだが、ツッコミ入れたらより大丈夫ではなくなる気がした。なんとなく、体に爆弾巻いたテロリストの相手をしている気分になる。刺激してはならない、そういう空気。

「……と、ところでお腹《なか》が空《す》きましたね、もうお昼ですから。良ければ一緒に食べませんか、真山くん」

「脈絡って言葉知ってます？」

恭二のツッコミは無視して、柚月はどこからともなく、サッと弁当の包みを取り出す。

「ふふふ。真山くんの考えていることはお見通しですよ。膝枕で頭をよしよしされながら口移しでご飯を食べさせてほしいんでしょう？」

「そんな特殊な性癖は持ってないですし、人体の構造的に無理がないですかねその構図」

「ふふふ、図星を指されて慌てているんですか？　がっついている男の子はみっともないですよ。でも私は経験豊富ですからね。あーん、ぐらいはしてあげましょう」

「耳が節穴なんですか、先輩」

「さあ、真山くん？　あーん」

「いや、食べませんよ」

聞く耳持たないのか、それとも本当に節穴なのか。さっさと弁当を開けた柚月が、つまんだおかずを差し出してくる。

「…………」

流れがおかしいにもほどがあるけれど、にっこり笑顔で見つめられると、さすがに少しは、照れないことも、ない。

この数日で知らなくてもいいことを大量に知ったけれども。それでもやっぱり、柚月は紛れもなく美人で、『憧れの先輩』で、そんな女子にあーんをされるシチュエーションは、悪いものではないのだった。

――が。恭二が隙を見せた途端、柚月は『ドヤァァァァ‼』と勝ち誇った笑みを浮かべる。

「ふふ。こんなことで照れちゃって、可愛《かわい》いですね」

「いや別に。いきなりだったんで面食《めんく》らっただけですし。そういう先輩こそどうなんすか」

「別に、私はこれが初めてというわけではありませんし。経験があると言ったでしょう？」

「どうせ犬とか猫とかウサギとかハムスターとか、そういうのが相手なんじゃないんですか」

「…………」

図星かよ。

「先輩。そういう台詞はせめて人間相手に経験積んでから言いましょうよ」

「し、失礼な！　人間の雄相手の経験だってちゃんとあります！」

「弟とか親戚のとこの赤ん坊とかそういうのもノーカンっすよ」

「……………………」

わかりやすいにもほどがあった。

「う、うるさいですね！　四の五の言っていないで大人しく『あーん』をされなさい！　ほら！」

「んぐっ⁉」

強引におかずをねじ込まれて、箸の先が上顎を直撃する。

それなりに痛かったが、文句はすぐに霧散した。口に放り込まれた卵焼きが、普通に美味《おい》しかったから。

手作り、なんだろうか。そういえば柚月は、料理も上手《うま》いという噂だ。……まあ、今となっては、その噂もどこまで本当なのか疑わしいけれども。

「どうですか、この鮮やかな手並み。このお弁当だって、私の手作りなんですから。私が本当に経験豊富なオトナの女だということが理解できたでしょう？」

……どうやら料理に関してはガセじゃなかった模様。

恭二の無言を都合良く捉えて、柚月は得意満面。その得意そうなツラのまま、自身も弁当の卵焼きをつまんで口に入れる。

たったいま、恭二に「あーん」したばかりの箸で。

あ、と、思わず声が出た。きょとん、と柚月が瞬きをする。

「真山くん？　どうかしましたか？」

「いや、それ……間接キスじゃ」

一瞬、『ほへ？』みたいな顔をした柚月が、次の瞬間、石化した。

ギッ、ギッ、ギッ……と、錆《さば》落ち寸前のゲームみたいなスローさで、膝上の弁当に顔を向ける。それから手に持った箸を見る。そして沈黙。

「ふ、ふふ……か、顔が真っ赤ですよ、真山くん。てれ、てっ、ててて照れているんですか、うふふふ……」

『鏡見てから言えよ』、なんてツッコミは、最早《もはや》、言うだけ無駄なのかもしれない。

顔中から湯気を噴きながら。それでも頑なに、『私は照れてなんかいませんから』という（無理のある）ポーズを貫く柚月を、恭二は見つめる。

……親しかった、なんて自惚《うぬぼ》れるつもりは毛頭ないけれど。それなりに、知っているほうだと思っていた。彼女のことは。

だけど、今目の前にいる白瀬《しらせ》柚月は、恭二の知っていた――知っていると思っていた彼女とは、似ても似つかない。

一体誰が想像するだろう。あの『白瀬柚月』が。まさかこんなに負けず嫌いで、子供っぽい人だったなんて。

「さ、さあ！　まだまだ、昼休みはこれからですから！　今からたっぷりと、お弁当を食べさせてあげますからね！　かきゅ、かくっ……覚悟していてくださいね！」

ぷるぷると。箸の先どころか体中震わせながら、柚月はまたも、弁当のおかずを突きつけてくる。今度はミニハンバーグ。

これまた、美味しそうなのだった。鼻先に突きつけられると、デミグラスソースの香りが食欲を刺激してくる。

こうしている間も、柚月の手はかくかくわなわな、危うく震えて、せっかくのハンバーグを今にも取り落としそう。

食べ物を粗末にするのは、やはりよろしくないと思うので。他意はないけど、と思いながら、恭二は大人しく、口を開ける。

瞬間、ただでさえ赤かった柚月の顔が爆発するように紅潮。熱が伝播《でんぱ》するように、恭二の頬も熱くなる。

「な、なんですか⁉　先輩が口開けろって言ったんでしょ⁉」

「わわわ、わかっていまひゅ！　いいから動かないでください！　狙いが逸《そ》れます‼」

「狙いて……ぶっ⁉　ちょ、顔！　顔に当たってる、当たってますって！」

見れば、柚月の手はいよいよ震えまくって、虚空《こくう》にハンバーグの残像を描き出しそうだった。

べちょべちょと、口周りにソースを塗りたくられながらも、どうにかこうにか、口にハンバーグが放り込まれる。

（でも、味は悪くないんだよな）

そういえば、『美味しいですね』とまだ伝えていない。

押し付けられた形とはいえ、食べさせてもらったのは事実ではあるし……言ったほうが、いいのだろうか。

でも、女子の手料理を褒めるって。それは結構。なんか、こう。

早くも微妙な照れくささに襲われながら、恭二は柚月の顔を窺《うかが》う。燃え尽きた様子でぜぇぜぇ息を吐いている横顔を眺めてみたり、その手の中の弁当箱を、意味もなく覗《のぞ》き込んでみたり。

そして、不意に気がつく。

「……弁当のおかず。それ、先輩の好きな物なんですか？」

思わず聞いてしまったのは、中に納められたおかずに、なんだか偏りがあるように見えたからだった。

なんというか……彩《いろど》りがない。緑がない。イコール、野菜がない。小さな子供が、食べたいものだけ選んで詰め込みました感。

恭二の視線を追って、柚月も手にした弁当を見下ろす。『ハッ⁉』と全てを悟った顔。目にもとまらぬ速さで弁当箱に蓋をして、柚月は厳かに顔を上げた。

「……いいですか、真山くん。誤解です。これは違います」

「大丈夫です、わかってます。じゃあ俺はこれで」

「待って待って待って！　違うの！　聞いて！　話を‼」

立ち上がろうとする恭二のズボンを、柚月が『ガシ！』と摑《つか》んだ。そしてぐいぐいと引っ張ってくる。危うく脱がされそうになり、恭二は慌てて再着席。

「いいですか。これは、えぇと…………、…………っ…………、……そ、そう！　真山くんのために用意したんです！　きっと真山くんは子供舌でしょうから！　野菜なんて嫌がるだろうと思って！」

「大丈夫です、わかってます。じゃあ俺はこれで」

「本当だから‼　証拠を見せるから今‼　ここにいて‼　絶対いて‼　すぐ戻るからすぐだから‼」

しゅばばっ、と柚月は猛然と保健室を出て行く……と思ったらあっという間に戻ってきた。

その手が握り締めているのは。

「……缶コーヒー？」

「購買の自販機で買ってきました。本当なら華麗にピーマンを食べてみせたいところですが、今は用意できませんから。代わりにこのブラックコーヒーで、私が身も心も舌に至るまで立っっっっ派なオトナであるということをお見せしましょうとも」

たおやかに缶コーヒーを持ち、柚月は艶然《えんぜん》と微笑。カシュッ、とプルタブを起こす音も軽やかに、ゆっくりと口をつける。まるでCMか何かのような、指の動き一つに至るまで洗練された所作。

そして秒で噎《む》せた。

「んっ、ぐふっ、けほっ……！　は、鼻に、入っ……！」

「……どうぞ」

見るも無惨《むざん》な事態に陥る柚月に、そっとティッシュを差し出す。顔は敢《あ》えて背けた。それが人の道というものだろう。

「これは、ちがっ……いつもは、飲め……！　今日はちょっと、喉の、コンディションが……！」

「わかりましたから。大丈夫ですから。とりあえず息整えて、顔拭いて」

しばらくの間、柚月の呼吸が整うのを、無言で待つ。

「……す、すみません。お見苦しいところを」

「いえ。気にしてないんで」

今さらだし、という本音は伏せておいた。

「えーとですね。先輩が大人の女性だということは骨身にしみて理解したので、その缶コーヒーは捨てたらどうでしょう」

「い、いえ！　もう開けてしまいましたし、口もつけてしまいましたし！　責任を持って、きちんと飲みます。私は、オトナですから」

どことなく悲壮な決意を滲《にじ》ませる顔で、柚月は果敢にも言い切った。勢いそのまま、コーヒーをぐびっと呷《あお》り、

「んぐ……」

何かを堪《こら》えながらも懸命に飲み下し、

「う……ぇう……」

両目一杯に涙を溜《た》めながらも再び口に含んで、

「にが……ぐすっ……」

……なんだか猛烈に、哀れをそそる絵面《えづら》なのだった。

なので。

「……俺、代わりに飲みましょうか?」

つい、言ってしまった。

女子、それも先輩を相手に、回し飲みの提案。普段であったらまずこんなことは言い出さないが、柚月をこのままにしておくほうが、よっぽど躊躇《ためら》われたのだ。

——一瞬、救われたような光が、柚月の目に灯《とも》る。

しかし、彼女はそこで、ぐっと奥歯を噛《か》み締めたのだった。楽なほうに逃げたがる自分を叱咤《しった》するように、ふるふる、と首を振り、そして。

「……いいえ! 私はオトナですから! ……オトナなんです!」

言うが早いか、柚月は残りのコーヒーを一息に呷った。ごくごくごく! と喉が勇ましく動く。恭二は思わず拍手。

「~~~~っ、ぷは……! の、飲んだ……! 飲みましたよ、どうですか⁉ 私、初めてコーヒーを全部飲めましたよ、真山くん!」

「見てました、見てました。先輩はすごいです。頑張りましたよ」

誇らしげな顔をされ、思わず、子供に接するような台詞《せりふ》が漏れた。

しかし、柚月は子供扱いを気にする様子もない。コーヒーを飲み干した達成感で、頭がいっぱいのようだった。この分では、『コーヒーを飲めたのは初めて』と、自ら暴露してしまったことにも気がついていないだろう。

それに……間違いなく、彼女は頑張ったのだから。

「そうでしょう！　私はオトナなんです！　すごいんですからね！」

自慢げに胸を張る柚月の顔を見ながら、恭二は確信を得る。

多分これが、彼女の、〝素〟の顔なんだろうな、と。

第四話

――ふと、居眠りから目を覚ますと、さっきまで授業を受けていたはずの視聴覚室は、既にもぬけの殻だった。

クラスメイトは皆、教室に戻った後なのだろう。眠りこけている恭二《きょうじ》は置いて行かれたというわけだった。

それでもせめて、寅彦《とらひこ》ぐらいは起こしてくれてもいいと思うのだが……と思った矢先。

机の上に、ノートの切れ端を発見。

『疲れてるみたいだし、起こさないどく。キツかったら保健室行けよ。先生には適当に言っといてやるから』

どうやら、気を遣われたらしい。

（……別に、いいんだけどな）

ありがたいと思う反面、気持ちはどうしても、申し訳なさのようなものが先に立つ。

体が弱いのは昔からだ。今でこそちょっとした貧血程度に落ち着いているけれど、小学校くらいまでは、まともに授業に出られない……どころか、そもそも学校に行けない日すらよくあった。

そのたびに、自分は周りの人に心配を掛けて。迷惑も、掛けて。

本来なら、気まずさなど覚える前に、感謝の気持ちを示すのが筋なんだろう。相手の真心を素直に受け取って、できる範囲で恩返しをする——申し訳ないと思ったところで、体質を変えられるわけでもないのだから、きっと、それが正解なのだと。

でも、恭二は、そういう風にはなれなかった。

人に気を遣われるたび、普通のことが普通にできない自分を、思い知らされるようで。だから、できるだけ、一人でいたいと思うのだ。そうすれば誰にも心配されない。誰にも迷惑を掛けない。多少不便なことがあっても、『こういう風に生まれたんだから仕方ない』と思えば……そうやって諦めれば、少なくとも、人に負担を掛けることはないのだから。

そうやって何もかものみ込んでいるほうが、誰かに助けを求めるより、恭二にはずっと簡単で——。

（……って、こういうこと考えんのもなんかアレだな）

悲劇の主人公を気取っている場合じゃない。さっさと教室に戻ろうと、席を立つ。

既に休み時間は半分以上過ぎた後で、周囲は静かなものだった。この辺は特別教室ばかりだから、授業がなければ生徒も通りかからない。

――が。教室の外に出るなり、恭二は目撃してしまった。人気《ひとけ》の絶えた廊下、四《よ》つん這《ば》いでもぞもぞと蠢《うごめ》く、怪しい人影を。

というか、柚月《ゆづき》を。

「え……⁉　ま、真山《まやま》くん⁉　そんな……どうしてここに⁉」

ドアの音に気付いたのか、床に這いつくばったまま、柚月が振り返る。

ちょうどこっちに尻を向ける格好。スカートの裾が持ち上がり、なかなかきわどい事態になっている。恭二はさりげなく目を逸《そ》らしつつ、

「いや、普通に移動教室で……というか、まず立ち上がったほうがいいんじゃ」

「わわ、わかっています！」

ぴょん、と跳ねるように立ち上がる柚月。スカートの件は……多分、この顔は気付いて

いない。

わざわざ『パンツ見えそうでしたよ』と指摘するのもアレだ。話題を変えがてら、素朴な疑問をぶつける。

「そういう先輩こそ、こんなとこに這いつくばって何を？」

「は、這いつくばってとはなんですか！　私は次の授業の準備を……って、それどころじゃないんです！　拾わないと……！」

見れば、辺りにはプリントらしき紙が散らばっている。さっきの四つん這いポーズはこれを拾おうとしていたのだろうか。それにしたって、他にやりようがあったと思うのだが。

慌てた様子で、プリントを拾い集める柚月（今度は普通にかがみ込んで）。

この状況で、「じゃあ俺はこれで」ともいかないわけで。

「……これ、集めればいいんですか」

足下。柚月から離れた場所に散ったプリントを拾う。

慌てたように、柚月が顔を上げた。

「い、いいえ。私が誤って落としたのですから、私がちゃんと――」

「別にたいした手間じゃないですし。二人でやったほうが早いでしょ」

言葉通り、さしたる時間も掛からず、恭二はプリントを回収し終える。

「はい、どうぞ。見えてる範囲は拾いましたけど、一応、枚数合ってるか確認してください」

「あ、ありがとう、ございます……助かりました。次の授業で使うものだったので」

言いながら、柚月は集めたプリントをペラペラとめくっている。汚れがないか確認しているみたいだった。

「へえ。先生に頼まれたとかですか」

「いえ。これは、私が自分で用意したものです」

「……先輩が？」

「次の授業で、前回の小テストが返却される予定で。でも、少し難しい内容でしたから……クラスの中にも、『わからない』と言っている人が多かったんです。だから、先生とも相談して、わかりやすいように解説をと」

とっさに言葉が出なくて、柚月が持つプリントを見やる。

パッと見、それはしっかりした出来に見えた。教師が用意したと言われても頷《うなず》けるくらい。

「……これ、先輩が一人で？」

「ええ、そうですよ？　私が提案したのですから、先生にご迷惑は掛けられませんし。

「……もちろん私はオトナですから、この程度の作業は簡単なことですが」

ふふふーん、と柚月の顔に、最近見慣れつつあるドヤ顔が浮かぶ。

しかし心なしか、その顔色は優れない。目の下にもうっすらクマが浮いて、眠そうに見える。昨夜、夜更《よふ》かしでもしたのだろうか。このプリントを作るために。

「ほら。私はともかく、真山くんはもうクラスに戻らないと。次の授業に遅刻してしまいますよ。……プリント、拾ってくれてありがとうございますね」

自慢話をして気分が良かったのか、柚月は足取りも軽く、近くの教室に入っていった。

『寝てないいんじゃないですか?』って、『本当は簡単なんかじゃなかったのかも』って。過《よぎ》った疑問を確かめる暇もなく。

——次の休み時間。授業が終わると、恭二は早々に教室を出た。

知らず知らずのうちに、早足で。向かったのは特別教室のある棟。柚月達のクラスが、授業を受けていたであろう場所。

「やっぱり、白瀬《しらせ》さんはすごいな。もう私に教えられることなんて何もないよ」

「いえ、そんな。私なんて、まだまだですから……でも、先生にそう言っていただけて光栄です」

もう授業は終わった後のようで、教室のドアは開いている。

にもかかわらず、教室の中には結構な人数の生徒がいた。その中心に、柚月の姿がある。

黒板の前に立ち、年配の教師からの賛辞を優雅な笑みで受け止めていた。手にチョークを持っているところを見ると、黒板を使って何か問題でも解いていたのかもしれない。

柚月と話している教師は、恭二も知っている。何かと厳しく、試験でも難しい問題を出してくることで一年の間でも有名だった。それが今は、満面の笑みを浮かべて、柚月を褒めそやしている。

そして、彼女に尊敬の眼差《まなざ》しを向けているのは、教室に残った他の生徒も同様だ。皆に敬われる、完全無欠の優等生。少なくとも勉学においては、その噂《うわさ》は決して間違いではないのだろう。

教師に、同級生に、口々に褒め称《たた》えられて。けれど、柚月の反応は落ち着いたものだった。過剰に謙遜もせず、かといって驕《おご》りもせず、落ち着いた笑みを崩さない。それこそ、『大人』と呼ばれるに相応《ふさわ》しい対応。

「卒業後の進路を決めるときはぜひ相談してくれ。君が理系に進むなら全力でサポートしよう。まあ、君ほどの頭脳があれば、私の指導なんていらないとは思うがね」

「ありがとうございます、先生。その時はぜひ、お力を貸してください。……あ、黒板はそのままで。私が消しておきますから」

話は終わったようで、教室内に解散の空気が漂う。

とっさに、恭二は近くの教室に身を隠した。別にやましいところはないけれど、盗み聞きをしていたと思われるのもいい気がしない。

教師や他の生徒が去ったのを確認してから、再び教室の中を覗《のぞ》くと、柚月は一人、まだ黒板の前に残っていた。

そして、一人で黒板を見上げる横顔には、最早《もはや》、さっきまでの大人びた雰囲気は欠片《かけら》も残っちゃいなかった。自分が解いてみせたらしい問題を眺めて、『ふっふーん！』と得意げな顔をしている。今にも、『さっすが私‼』とか言い出しそうな表情だ……と思っていたら。

「ふふふ……さっすが私‼」

（……本当に言ったよ、この人）

しばらく観察していたら、今度は眺めるだけでは飽き足らず、いそいそとスマホで写真を撮り始めた。記念に残しておくのかもしれない。多分、後から眺めて、そのたびにさっきのふっふーん顔を浮かべるのだろう。『さすが私‼』と、そのたびに言っちゃうのだろう。

（……どうすっかな）

別に、知らないふりで通り過ぎてもいいのだ。というか、そうするのが無難な選択だとも思う。

だけど、柚月は黒板眺めたまま一向に動く気配がなくて、このままだと、休み時間が終わるまで延々と『ふふふーん』してそうな気がした。

……それに。辺りに人気はないけれど、忘れ物をしたとか、そんな理由で、柚月のクラスメイトが戻ってこないとも限らない。

そうなったら、多分、柚月は困るだろうから。

「……楽しそうなとこ悪いですけど、あんまのんびりしてると、次の授業遅刻しますよ」

次の瞬間、柚月はガンッ、と黒板に頭から突っ込んでいった。予想できたリアクションだったので、恭二はもう驚かない（呆《あき》れないとは言ってない）。

「ま、真山くん⁉　どうしてここに⁉」

「いや普通に移動教室で。今から戻るとこでした」

廊下から話すのもなんなので、とりあえず中に入ってみる。

廊下にいたときは見えなかったけれど、黒板はびっしりと数式で埋め尽くされていた。無数の数字と、見たことのない記号や単語。正直、恭二には何が書いてあるのかさっぱりわかりはしない。

「全然わかんないっすね」

「当然じゃないですか。二年生の内容ですよ。私たちのクラスにだってわからない人が多いのに……。まあ？　私はこうして解いてみせたわけですが。どうですか、真山くん。少しは私の偉大さがわかりましたか？」

「はい」

否定する理由もなかったから、素直に言う。

でも、柚月が『バッ！』とすごい勢いでこっちを振り返ってきたから、思わずたじろいだ。

「な……なんすか」

「べ、別に、なんでもありません。ただ……いつも失礼なことばかり言う真山くんでも、素直に人を褒めるときがあるんだと思って」

「俺は客観的な事実を口にしているだけで、別に先輩を馬鹿にしようとか思ったことは一度もないっすよ」

普段の柚月があまりにもあれなだけで。

「……先輩が頑張ってるのは、知ってます。ちゃんと」

それは、難しい問題が解けたからとか、そういうことではなく。

皆のために、って。睡眠時間を削ってまで、わざわざプリントを用意して。

缶コーヒーが飲めたくらいで『どうですか⁉』なんて言ってくるくらいなのに。そういう努力はちっとも、褒められようとはしないこと。

「俺、嫌いじゃないですよ。先輩のそういうとこ」

またドヤ顔するかと思ったけれど、意に反して、柚月は無言だった。くっ、と何かを堪《こら》えるみたいに、柚月の唇がわなわなする。ついでに肩もぷるぷるする。

「わっ……わかれば、いいんです。そうです、私は、オトナなんですからね！　真山くんより、一年も長く生きているんですから！　このくらい当然ですっ」

腰に手を当てて、『ふん！』と勢いよく胸を反らす柚月。

……が、勢いがつきすぎたみたいだった。それとも、これも寝不足のせいなのか。柚月は仰《の》け反った拍子に体勢を崩し、そのまま転びそうになる。

「ちょっ、危な——」

とっさに柚月の手を摑《つか》み、倒れないように引っ張り起こす。


……でも、力加減を間違えた。

それは焦《あせ》ったからというのもあるけれど、単に恭二が未経験で。

女の子の体が、こんなに軽いものだったなんて、知らなかっただけ。


気付いたら、想像よりもずっと柔らかな感触が、腕の中に。

驚いたようにこっちを見上げる、柚月の顔を直視できない。距離自体なら、この前の『きしゅ』未遂のほうがよっぽど近かったはずなのに。

「えっと……大丈夫、ですか？」

「え、ええ……ありがとうございます」

微妙に視線を逸《そ》らす恭二をよそに、柚月は見た目冷静だった。何事もなかったかのように体勢を立て直すその横顔を見ながら、ちょっとだけ「あれ？」と思う。

「なんですか？　意外そうな顔をして」

「いや……なんていうか、思ってた反応と違ったんで」

ここ最近の柚月であったら、こういう場面は大抵、ぷるぷるしてわなわなしてブワーッみたいになっていたのに。

「……ふっ」

訝《いぶか》る恭二をチラ見して、柚月は唐突にキメ顔。

「当然です。私はオトナですから。ちょーっと男子に抱き留められたぐらいで、慌てたりビックリしたりドキドキしたり、まして真っ赤になったりなんてしませんとも。ええ、この程度なんでもありません。オトナですから」

『では』と、無駄に得意げな顔のまま、柚月は教室を出て行った。まだ中に恭二がいるのに、ピシャリとご丁寧にドアまで閉めて。

（よくわかんないな、あの人……）

どうもスッキリしない気持ちを抱えつつ、恭二もいい加減、自分の教室に戻ろうとドアを開ける。

そして発見した。

ドアを開けて、すぐ目の前の廊下。せめてどっかに隠れたらいいのに、その余裕もなかったのか。真っ赤な顔を隠すみたいに蹲《うずくま》る、誰かさんの姿を。

「〜〜〜〜っ!!」

「やっぱ照れてるんじゃないですか」

幕間・またの名を第五話

「……失礼しましたー」

ぺこり、と室内に向かって頭を下げ、恭二《きょうじ》は面談室を後にする。

既に辺りは夕方を越え、日没が迫りつつあった。時刻は完全下校時間ギリギリ。じきに、帰宅を促す放送がかかるだろう。

こうして放課後に、担任に呼び出されるのは珍しくない。授業を休みがちな恭二に対する特別措置だ。面談、という以外に補習も兼ねていて、時には課題なども渡される。

面倒でないと言えば嘘《うそ》になる。教師と一対一で長時間過ごすのは肩が凝るし、思わずため息だってつきたくなる。

だが、自分が授業に出ていないのは事実なのだ——たとえそれが体質の問題で、恭二自身にはどうにもならないのだとしても。サボりと一方的に決め付けられないだけ、今の待遇は恵まれている。

……そこで、ふと、足が止まった。

昇降口へと続く廊下、の途中。保健室のドアが、わずかに開いている。

（不用心……でもないのか？　学校内だし）

前を通り際《ぎわ》、なんとはなしに室内を見やって、

（……………先輩？）

通り過ぎかけていた足が、思わず戻る。ちょっと迷い、考えて。結局、中へ入ることにした。音を立てないよう、そろそろとドアを開けつつ。

わざわざそんなことをしたのには理由がある。


「すー……」


この学校の保健室は広く、部屋の一角にソファとテーブルが用意されている。悩み相談など、養護教諭が生徒の話を聞くためのスペース。

そのテーブルに、突っ伏して。柚月《ゆづき》はすやすやと、子供みたいに寝入っていた。

テーブルには、教科書とノートが広げられている。そのどちらにもびっちりと文字が書き込まれ、付箋やマーカーもあちこちに。普段から、熱心に勉強していることが見て取れる。

しかし当の本人は、その全てを下敷きにしてすっかり熟睡の様子だった。

ノートに押し付けられた頬肉は、ぺっちょりと潰れて餅のよう。うに、うにゅ……と漏れる寝言。絵に描いたように隙だらけで、優等生のゆの字もない。

ふと、思い出すのは先日のこと。難しい問題を鮮やかに解いてみせて、クラスメイトにも教師にも賞賛されていた柚月の姿。

彼らは柚月を褒めちぎりながらも、どこか、『白瀬《しらせ》さんならこのくらいは当然』と、そう思っているような節があった。それは、柚月がそれだけ信頼されているということなんだろうけれど。


――でもきっと、彼らは想像もしないのだ。柚月がこうして、陰ながら勉強していること。時には、うっかりと、無防備に、居眠りしたりもすること。普段の優等生然とした振る舞いは、ちっとも、『当然』なんかじゃないのだと。


「……先輩。先輩、起きてください。もう下校時刻ですよ」

そっと声を掛けるも、柚月はもごもご寝言を零《こぼ》すだけで目を開けない。

仕方がないので、肩に手を置いて軽く揺り起こす。

「先輩……先輩ってば」

「んー……？」

　ふるる、と瞼《まぶた》が震えて、それからゆっくりと持ち上がった。寝起きの瞳がぼんやりと、恭二を見上げる。

　仕草は子供そのものなのに、薄く開いた目はどこか濡《ぬ》れたようで、いつもの柚月よりもよっぽど『大人』らしく見えた。

　なんとなく、一人で勝手に焦ってしまって、恭二は手を引く。

「まやまくん……？　ろうして私の部屋に……？」

「いや。ここ学校ですけど」

「が、っこー………？」

　はて、と。寝ぼけ眼が右を見、左を見、恭二を見。ごしごし、と目を擦《こす》って、もう一度見る。

　次の瞬間、くわ、と、その目が限界まで見開かれた。ぶわー！　と首筋辺りから赤色がせり上がってきて、柚月はそのまま茹《ゆ》で上がった海老と化す。ビチビチと跳ね回るように、その両手が慌ただしく上下した。

「ま、ままま真山《まやま》きゅん⁉　ち、ちが……！　い、今のは目を閉じて瞑想《めいそう》を！　集中トレーニングの一環で、決して寝ていたわけでは！」

慌てた様子で言い訳を並べる柚月は、そこでようやく、広げっぱなしの教科書やノートに気付いたらしかった。「いやー！」とわりかし本気の悲鳴を上げて、彼女は飛び込むように再びテーブルに突っ伏す。広げられた教科書……正確には、そこにありあり残る『わからないなりに一生懸命勉強してます感』を、恭二の目から隠すために。

「あ、あの！　これは、そう、実は私の教科書ではなくて！　クラスメイトの！　アドバイスを！　相談されて！　だから！」

最早《もはや》柚月の顔面は熱した鉄だった。打てばさぞかしよくのびて鍛えられ、しなやかで強い鋼に育つ、かもしれない。本当に何を目指しているんだろう、この先輩。

「……借り物なら、もうちょっと丁重に扱ったほうがいいんじゃないですか。ノートの端、折れてますよ」

『え？』と、柚月がちょっと体を起こす。ノートを気にしたというより、恭二の言葉に反応して思わず、という様子で。

「なんですか、その顔。先輩が言ったんでしょう、『クラスメイトの』だって」

「そ、それは、ええ、そうですが！　た、確かにこれはクラスメイトにお借りしたもので断じて私物ではありませんが！　……でも、だって」

柚月の目は明らかに何か言いたげで、しかし、それ以上の言葉はいくら待っても出てこない。

もちろん、それが嘘だと言うことは、言われるまでもなくわかっている。『何も隠す必要はないのに』、とも。

……でも、思い出すのだった。

皆が帰ってしまった教室で。自分が解いてみせた問題を眺めて、満足げに目をキラキラさせていた顔を。『私はすごいでしょ！』って、褒められたくてたまらない子犬のような、満面の笑みを。

立派で、完璧で、大抵のことはサラッとこなせてしまう――そんな『自分』でいることで、柚月があんな風に、心から嬉《うれ》しそうに笑うのであれば。

「……先輩がそう言うんなら、別に、疑ったりはしませんよ」

――ただ。それはそれとして、だ。

「でも、すごいですね。その『クラスメイト』の人」

「いや、だって……熱心に勉強してるの、見ればわかるんで」

「え？」

教科書は開き癖がついて、すっかりくたくたになっている。まだ一学期で、渡されて間もないはずなのに、だ。広げられたページ以外にも付箋がびっちり貼られて、昨日今日、付け焼き刃で勉強しただけでないことがよくわかる。

「先輩も知ってるだろうけど、俺、授業休みがちじゃないですか。だからあれこれ言われないように、自習だけは昔からそこそこやってたんですけど……でも、勉強なんて退屈だし、全然続かなくて。普通にサボってばっかですよ」

少なくとも恭二は、こんなにひたむきにがむしゃらに、何かに取り組んだことなどない。

「だから。すごいなって、思います」

柚月にとって、『優等生でいること』が重要だというなら、それを否定しようとは思わない。他でもないそのために、きっと彼女は努力を重ねているのだろうから。

けれど、その結果として、柚月の積み重ねた努力が、誰にも知られず、理解されず、最初からなかったように扱われるのは、嫌だと思うのだ。

それは、柚月にとっては水面下で必死にバタ足するようなもので、人には絶対見られたくないものだったのかもしれない。

でも自分は、見付けてしまったから。

だったら、無視はできない。したくない。

「……いや、まあ。そんだけ、ですけど」

勢いは最後まで続かずに、締まらない言葉が口をついて出る。視線の置き場が定まらず、柚月の顔を見たり、意味もなく時計を確認したり。

二人を静寂から引き上げてくれたのは、下校を促すチャイムだった。柚月は『ハッ⁉』と腰を浮かし、わたわたと教科書を閉じる。

「あ……と。じゃあ、俺も行くので……」

「え、あ――」

それは。多分、反射的に、だったのだろう。

控えめに袖を摑《つか》まれて、恭二は振り返った。引き留めたはずの柚月は一瞬目を丸くし、続いてようやく自分の行動に気付いたらしい。せっかく普通に戻った顔色を再び真っ赤にして、『ばっ！』と、放り出すように手を離す。

「あ、え、あの、こ、これは、あの……！」

あばば、だか、ひょわわ、だか。とにかく奇声の類いを唇から漏らしつつ、柚月は両手を彷徨《さまよ》わせたり、かと思えばピーン！　と伸ばしたり。

そうしてひとしきり不審な動きをした果てに、

「い、っ……一緒に、帰りませんか……？　その、昇降口、まで……」

それは一緒に帰るというんだろうか。恭二は思い、けれど、言葉にまではしない。

だって、言った柚月は本当に、今にも倒れそうなほど頰を紅潮させていて。これ以上何か言うのは、さすがに意地が悪いと思ったのだ。

「あー……じゃあ、そこまで」

「は、はい」

カバンを手にする柚月と、二人並んで、廊下へ出る。

柚月は何も言わない。その顔は例によって、見慣れた赤色。日はとっくに暮れているのに、夕焼けの中に置き去りにされたみたいに。自分達の周りだけ、時間が止まるように。

でも、そこに浮かぶ表情は、いつもの、目を回すような照れ方とは違う気がした。

気がするだけかも、しれないけれど。

「……真山くん？　ど、どうかしましたか……？」

「いえ。なんでも」

視線に気付いたのか、柚月がこっちを見てきた。目を合わせていると考えていることを見透かされそうで、恭二は顔を背ける。

途端、柚月は何かに気付いたかのごとく、『ハッ⁉』と息をのみ、

「な、なんですか⁉　まさか顔に、ノートの痕でも⁉」

「違いますよ。大丈夫です、なんもついてないですから」

ぐしぐし顔を擦りだす柚月、その横顔を見つめる。見て、知らず知らずのうちに、口元が緩んでいる自分に気がつく。


できるだけ、一人でいたいと思っていた。そうすれば誰にも心配されない。誰にも迷惑を掛けない。

上手に人を頼るということができないまま、見た目ばっかり成長して。それが、いわゆる『弱さ』なんだということは、指摘されるまでもなくわかっていた。わかっていても変われなくて、できないものは仕方ないじゃないかと、開き直りのように思ったりもしてい

た。

でも、目の前のこの先輩は、こんな自分に輪を掛けて、人を頼ることがきっと下手くそだ。

それを弱さだとか、不器用だとか、そんな風には思わない。自分だって偉そうなことは言えないって、知っている。

知って、いるから。

似たもの同士、不器用同士。もしかしたらできることもあるのかも、なんて。ずっと助けてもらうばっかりだった自分でも、誰かの助けになれるかも、って。

淡く浮かぶ思いは気恥ずかしく、心の中でさえ上手《うま》く形にはできずに。柚月の横顔も、視界には入れられないまま、ただ、とっくに沈んだ夕日だけを、窓の向こうに探していた。

第三章
妹、同級生、そして引き続き先輩

第六話

日曜日。晴れ。

とはいえ、別に出掛ける用事もない恭二《きょうじ》である。普段通りに自室でスマホをいじる、生産性に乏しい休日……を、今日も過ごすと思っていたのだが。

「兄貴。ちょっと」

出し抜けに、ドアが開く。というか開けられる。ノックもなしに入ってきたのは、妹の陽菜《ひな》だ。

二つ年下の陽菜は、現在中学二年生。オタク丸出しの恭二とは違い、染めた前髪といい服装の趣味といい、見た目の印象は派手でイマドキ。身内のひいき目を抜きにしても、人目を引く容姿をしていると思う。

ただ、その外見に反して、性格は人見知り……というより、内弁慶のきらいがあった。おかげで子供の頃から友達も少なく、兄である恭二に四六時中べったりだったのだ。

そして、それは今でも、あまり変わっていなかったりする。

「お前な。部屋入るときはノックしろって言ってるだろ」

「いいじゃん、別に。なんか見られて困ることでもしてたワケ？」

生意気、を絵に描いたような台詞《せりふ》が、陽菜の口から発せられる。

これも思春期というヤツか、中一の半ばくらいから、陽菜は恭二に対して、露骨に雑な態度を取るようになったのだ。一体誰の影響なのか、呼び方まで『兄貴』になっている。

昔は『にーたん』とか呼んでくれていたのに。恭二は別にシスコンじゃないけれど、可愛《かわい》がっていた妹の変わり果てた姿を見るのはやはり悲しい。

「……で？　どした？　出掛ける格好してっけど、どっか行くのか？」

陽菜の服装は、どう見ても部屋で寛《くつろ》ぐという感じじゃない。

尋ねると、陽菜は仏頂面《ぶっちょうづら》を崩さないまま、口元をもごつかせる。

「用……っていうか。兄貴、今日は調子、どうかなって」

「なんともないよ。これでも、中学の頃よりだいぶマシになってんだって」

「ん……なら、さ」

明らかに、なんか言いたそうなのだが、肝心のその先はいくら待っても出てこなかった。

むっすりと押し黙ってこっちを睨《にら》む姿は、傍目《はため》には怒っているようにも見える。

けれど、そこは兄妹《きょうだい》。こういう時の妹が何を訴えたいのかは、言われなくても大体予想がつく。

「わかった。支度するからちょっと待ってな」

ぴく、と陽菜の肩が揺れる。顰《しか》めていた顔があっという間に明るくなって……『ハッ』と、慌てたようにまた仏頂面に。

「し、支度って何」

「一緒に来てほしいんだろ。どこ行くのか知んないけど、まあ、暇だし付き合ってやるよ」

「そ、そんなこと……言ってないじゃん」

と言いつつ、陽菜の口元はわかりやすく緩んでいる。そわそわ、と体を揺らす仕草は、どこか子犬感があった。

……思春期になっても、呼び方が変わっても。こういうところは昔のままだ。だから恭二も、ついつい甘やかしてしまう。別にシスコンなんかじゃないけれども、これはもうしようがない。

「てか……体調、いいの」

「ダメだったら言うっての。信用しろ」

わしわしと、意識して乱暴に、陽菜の頭を掻《か》き回す。

陽菜も、それ以上はもう言わなかった。気を遣いすぎればかえって負担になると、この妹はわかってくれている。

「だ、だったら、早くしようよ。もうお昼になっちゃうし」

「急《せ》かすなよ。支度するっつってんだろ」

「早くしてよね。……って、何その服、ダッサ。信じらんない。もー、ちょっと貸してよ。選んであげるから」

着ようとしてた上着を横から取り上げて（というか捨てて）、陽菜は勝手にタンスを漁《あさ》り始めた。

しかしその横顔はやはり、ちっとも嬉《うれ》しさを隠せていないのだった。こっちに向けられた妹の尻に、恭二は犬の尻尾の幻を見る。

（こういうとこ人前でも出せれば、友達もできるんだろうけどな……）

陽菜が学校でどう過ごしているかは知らないけれど、恭二が知る限り、陽菜が休みや放課後に、友達と出歩いている様子はない。自分も似たようなもんとはいえ、兄としてはやはり心配せざるを得ない。

日曜日。晴れ。

どうやら今日は久しぶりに、休日らしい休日になりそうだった。

◆◆◆

妹に連れられてやってきたのは、最寄りのショッピングモールだった。中に本屋もあるので、恭二もたまに利用する。

「で、なに買うんだ？」

「んー……決めてないけど。とりあえず服とか？」

「衝動買いとかすんなよ。無目的の買い物は散財のもとだぞ」

「わけわかんないゲームのわけわかんないガチャに、五千円とかつぎ込んでる兄貴に言われたくない」

兄らしく説教とかしてみるものの、秒で返り討ちに遭う。

ひっそり打ちひしがれる恭二を横目に、陽菜はショッピングを満喫しているようだった。

何か気になるものがあったのか、店先の服を何枚か、手に取って眺めている。

「ちょっと見てくる。兄貴、ちょっとその辺座って待ってて」

「別にまだ一軒目だし。店の中まで付き合うけど」

「いーよ。ここはちょっと覗《のぞ》くだけだし。まだ行きたいとこあるから」

「わかった。じゃあ、あそこにいるから」

通路脇、空いていたベンチを指差す。陽菜は「ん」と頷《うなず》いて、店の中に消えていった。

この後もできるだけ付き合ってやりたいし、恭二は大人しく体力を温存することにした。

ベンチに腰を下ろして、せめてもの暇つぶしに周りを眺める。

立ち止まった服屋の向かいは、ちょうど本屋になっていた。そういえば、ラノベの新刊を買い忘れていたのを思い出す。

帰り際《ぎわ》にでも寄らせてもらおう、と、思ったところで。


「みゃ、みゃやまきゅっ……!?」


奇声が聞こえた。ついでに、大量の荷物をドササーッと落とす音も。

何事かと思って辺りを見回した恭二は、そこに不審者を発見する。

顔の半分を隠すごっついサングラス。黒いキャップを目深《まぶか》に被《かぶ》り、カラスマスクで口元まで覆ったその出《い》で立ちは、一言で言えば『ジェネリック暗黒卿《きょう》』。

でも、何かよほどびっくりすることでもあったのか、そのサングラスは今や完全にずり落ちて、まん丸に見開かれた瞳が露《あら》わになっている。愕然《がくぜん》とした様子で、恭二を見つめるその顔は。

「……先輩？」

思わず疑問形になってしまった。だって格好が怪しすぎるし。

それとも、これが柚月《ゆづき》の私服の趣味だとでもいうのだろうか。この暗黒面リスペクトの黒ずくめが。

柚月（仮）は恭二の声には答えず、ひたすらフリーズしていた。その足下には、向かいの本屋の紙袋が落ちている。さっきの『ドササーッ』は、もしかしなくてもこれだろう。

袋の中身は大量の雑誌のようで、その内の何冊かは、袋を飛び出して辺りに散らばってしまっていた。柚月が一向に動かないので、恭二は代わりに、その雑誌を拾ってやる。

「ハッ……！　ま、待って！　それは――！」

ようやく再起動した柚月が慌てて止めようとしてくるが、遅い。

既に恭二は見てしまった。散らばる雑誌の一冊。その表紙にデカデカ書かれた、『全部見せます！　男子がときめくマル秘テク！』とかいうアレな見出しを……。

「こ、これは知人に頼まれて！　私が読むわけではなくてっ！　この雑誌を参考に今度こそ真山《まやま》くんをぎゃふんと言わせようとかそういうあれでは‼」

「そうですか……」

必死に言いつのる柚月に、そっと雑誌を渡してやる。知人がどうとかは普通に嘘《うそ》なんだろうとは思うが、ここでそれを指摘するのは、ちょっと人の心がないと思うのだ。

掛ける言葉が見付からず、恭二は無言。柚月も真っ赤になったまま、一向に立ち去ろうとしない。最早《もはや》事態を収拾することは誰にも不可能と思われたが。

「……何してんの、兄貴」

いつの間にか、陽菜が戻ってきていた。恭二の袖をくいくい、と引っ張りつつ、ちらっと柚月を見やる。『知り合い？』と、その目が尋ねてきていた。

「あー、えっと、この人は学校の先輩で……」

「……ふーん」

ちろっ、と半目に柚月を見上げながら。なんだかものすごく意味ありげな『ふーん』が、妹の口から発せられる。

「……初めまして。真山陽菜です。兄がいつもお世話に」

「へえ、真山くんの……」

陽菜の顔を覗き込むように、柚月が軽く身を屈《かが》める。

途端、陽菜の人見知りが発動。さっと、恭二の背後に身を隠す。

「すみません。こいつちょっと人見知り激しくて」

「あ。ご、ごめんなさい。こっちこそ、じろじろ見たりして」

そう言って、柚月は仕切り直すように、『にこ』と微笑《ほほえ》んだ。

「初めまして、白瀬《しらせ》柚月といいます。ええと、陽菜さん？　で、いいかしら？　名字だと、お兄さんと紛らわしいし」

保健室の聖母、と呼ばれるに相応《ふさわ》しい、慈愛に満ちた笑み。

普段は知らない人が苦手な陽菜も、この笑顔には少し安心したようだ。ひょこ、と顔半分くらい、恭二の背からはみ出る。

「……よろしくお願いします」

「はい。こちらこそ」

内心、『お』と思った。こんな出会ってすぐに、陽菜が自分から、相手に話しかけにいくなんて、滅多にあることじゃない。

「でも、そうですか。妹……ふぅーん」

ちらり、と陽菜から恭二に視線を移して。ふ、と柚月が笑う。さっき、陽菜に向けた微笑とは明らかに違う表情だ。そしてまたしても、やたらと意味深な『ふぅーん』であった。

「へえ、そうですか～。へぇぇぇ。真山くん、妹さんがいたんですねぇ。もう、言ってくれればいいのに。水くさいじゃないですか」

雑誌を見られた恥も忘れた様子で、柚月は急に生き生き始める。にんま～、と細められた目が、何やら妙に腹立たしい。

「……なんすか」

「いえ。休みの日に二人で出掛けるなんて、ずいぶん仲がいいんだと思って」

「別に普通でしょ」

シスコンだとでも言いたいのだろうか。だとしたら心外だ。日曜に一緒に出掛けるくらい、どこの家でもやっていると思うし、何も恭二が特別妹に甘いとか可愛《かわい》がっているとかそういうことではない。いや陽菜は可愛いけれども。

「……普通なんだ」

なんだか陽菜の機嫌が下降した気がする。睨《にら》むような視線が向かうのは恭二……ではなく、何故《なぜ》か、柚月のほう。

「もしかして、この人……兄貴の彼女、とか……？」

「違う。んなわけないだろ。むしろ、どうしてそうなった」

「だ、だって……なんか仲よさそうだし。兄貴、今まで女子の知り合いとかいなかったじゃん」

「保健委員なんだよ、この人。保健室行くときとか、たまに世話になってるだけだって」

「──あら、そんな他人行儀な言い方、しなくてもいいじゃないですか。この前はあんなに情熱的に、『付き合ってください』、なんて言ってくれたのに」

クス、と微笑んだ柚月が、平然と爆弾を投下してくる。

『んなっ⁉』と慌てて柚月を振り返ると、柚月は見たこともないほど楽しそうな顔で、

「にんまぁぁぁぁ」と笑っていた。

──ふふ、どうですか？　私はオトナですから、こういう状況だって慣れていますけど。

真山くんには、ちょーっとだけ荷が勝ちすぎるかもしれませんね？

「お、お兄ちゃ──兄貴、い、今のどういうこと⁉　この人のこと好きなの⁉　彼女ってこと⁉　そ、そんなこと、私には一言も言わなかったじゃん‼」

「ちょっ、やめろ袖が伸びる！　てか破ける‼」

ぐいーっ、と服を引っ張られて転びかける恭二を、柚月はニコニコと見つめている。

『これが年上の余裕です‼』と言わんばかりの、全開の笑顔だった。

◆◆◆

――どういうことか説明して。


そう請《こ》う陽菜に連れられて、恭二は手近にあったファミレスに入店した。運良く空いていた隅のボックス席。向かいの席には当然のように柚月も座っている……話がややこしくなるから来なくて良かったのに。

「……結局、二人は付き合ってるの？」

ドリンクバーのココアをスプーンでかき回しつつ、陽菜が問うてくる。じとーっとした眼差《まなざ》しは、向かいの柚月に注がれていた。

「だから違うって――」

「そうですね。真山くんにも兄としての体面があると思いますし、私からはなんとも……ご想像にお任せします」

「先輩。俺がちゃんと説明するんで、余計なこと言うのやめてもらっていいですか」

「あら？　私は何も、嘘は言っていませんよ？」

『なお悪いわ』というツッコミが、喉まで出かかる。

当然、誤解しか生まない発言は火に油を注ぎ、陽菜の眉間に猛烈な縦皺《たてじわ》が刻まれる。

結構がっつり睨まれて、しかし柚月に気にした様子はない。どころかむしろ満足げですらあった。つやつやと上気した頬に、『中学生にヤキモチを焼かれても一切動じない私‼　オトナ‼　ドヤァ‼』という思惑が透けまくっている。

……ふと思った。難しい顔で黙り込んでいる陽菜と、無駄に格好付けた仕草でドリンクバーの紅茶を飲んでいる柚月。傍《はた》から見たら、どっちのほうが中学生に見えるんだろうな、と。

すると、陽菜が突然、

「それってお兄ちゃ――兄のこと、好きってことですか」

優雅に紅茶飲んでいた柚月が、途端にゲッホンゲッホンと咳《せ》き込む。体をくの字に折り、脇腹の辺りを押さえて、まるでボディーブローか何か食《く》らった人みたいだった。

とか言ってる恭二にとっても、今の妹の発言は腹に拳を叩《たた》き込まれるに等しい。全く同じリアクションで噎《む》せる自分と柚月は、他の客や店員さんにどう見えているのか。

「い、いえ、あの……」

「誤魔化さないで答えてください」

「そ、そういうことは……ね？　言わぬが花と言いますか……ご想像にお任せを……」

「はっきり言えないような人に、兄は任せられません。その程度の気持ちならお兄ちゃん──兄に付きまとうのはやめてください！」

未《いま》だに噎せ返りながら、恭二は心の中で悲鳴を上げそうになる。そうじゃないと再三言っているのに、この妹は何を勘違いしているのか。……いや、十中八九、柚月の余計な言動のせいだとは思うけれども。

そして、当の柚月は今さら引っ込みもつかないのか、反論もできずに口をあうあうさせていた。見開いた目の中、黒目の中央がぐるんぐるん渦を巻いて見える。顔色は言うまでもない。

しょうがないな本当に……と、恭二は一つ、ため息。

それから、

「陽菜」

今にもテーブルから身を乗り出さんばかりの妹、その頭にぽん、と手を置く。毛を逆立てた猫のようだった陽菜は、途端、我に返ったような顔でこっちを見た。

「あのな、陽菜。何度も言ってるだろ、誤解だって。この人とはそういうんじゃない」

「で、でも、この人はなんかありそうなこと言って……！」

「だから、それは単にからかわれたんだって。……お世話になってるんだよ、本当。感謝もして、るし……だから、その。付きまとわれてるとか、嫌々一緒にいるとか、そういうんじゃない」

陽菜と向き合っているから、柚月の顔は見えない。

けれど、彼女がじっとこっちを見ている気がして、恭二はにわかに照れくさくなる。でも、口にした言葉を、引っ込める気はなかった。

しばらくして、俯《うつむ》いていた陽菜が顔を上げる。そして、ぺこりと柚月に頭を下げた。

「そういう、ことなら……あの、ごめんなさい。冗談真に受けて、怒ったりして」

「あ、い、いえ！　そんな、私のほうこそ、大人げなくて……！　あの、大丈夫ですよ？　私とお兄さんは、本当に、なんでもありませんから。ちょっとからかってみたくて……あ、いえ、あなたのことじゃなくてお兄さんを、なんですけど！　ええと、あの……とに

かく、ごめんなさい……」

有り余る罪悪感に、『しゅん……』と肩を縮める柚月。そんな顔をされると、陽菜も陽菜でどうしたらいいかわからなかったのか、「あ、いえ……」と言ったきり、会話が途絶えてしまう。

「……ちょっとドリンクバー、行ってくる」

気まずい空気に耐えられなかったのか、陽菜は席を立った。ついていこうか、と尋ねるも、「いい」の一言であっさり置いて行かれる。

「……ごめんなさい、本当に。私、ちょっと、調子に乗りすぎて……」

声は、向かいから。

柚月はすっかり意気消沈して、テーブルに額がつくほどに項垂《うなだ》れている。放っておいたらそのまま、地球の裏まで沈み込んでいきそうだ。

……まあ確かに、大人げなかったのは事実だし。文句を言いたい部分も、猛省を促したい気持ちもあるが。

「さっきも言ったけど。陽菜は、人見知りするほうなんです」

「……え？」

柚月が顔を上げて、きょとんとこちらを見る。恭二が急に何を言い出したか、よくわからなかったのだろう。

「今日は、よくしゃべってたけど。普段は、親戚相手にも、ろくに口きけないんですよ。そのせいか友達もいないみたいで……ずっと心配してたんです」

「そ、そうなんですね……。それは、あの、ひどいことを言ってしまってますます申し訳ないというか……」

「……だから、今日、先輩と会えて良かったと思ってます」

『はえ？』と、柚月が今度こそ、驚きに目を丸くする。

「え？　え、あの？　そ、それは、どういう……」

「いや、ほら。先輩が相手だと、あいつ、普通に話せるみたいだし。まあ、さっきのは仲良く……って感じじゃなかったですけど。でも、いい傾向かな、とは思うんですよ。一回本音ぶつけたら、後はもう取り繕ったりしなくていいだろうし」

何かに思い至ったように、柚月が瞬《まばた》きをする。

彼女は、恭二の意図を汲《く》んでくれたようだった。ちょっと下を向き、考えて、

「……ま、真山くんは」

「はい」

「真山くんは……それでいいんですか？　その……私が、妹さんと仲良くしても」

「当たり前じゃないですか」

むしろ……ちょっと、感謝しているぐらいなのだ。

陽菜の人見知りを、恭二はずっと心配していた。けれど、まさか陽菜の中学に乗り込んでいって、クラスメイトとの仲を取り持って……なんてことはとてもできない。自分の知り合いを頼ろうにも、恭二には女子の知人なんてほとんどいない。まして、こんなことを相談できる相手ともなれば。

「先輩が、力になってくれたら。俺もその……助かります」

かぁ、と血の色を透かして、柚月の頬が赤らむ。

「……し、仕方ありませんね。真山くんがそこまで頼むのなら、いいでしょう。私は、先輩で、オトナですからね。それに、陽菜さんには迷惑も掛けてしまいましたし……責任を取るのはオトナとして当然！　なんでも力になりますよ！　ええ、なんでも！」

コホンと咳払《せきばら》い、胸を反らして。いつもなら危なっかしいばかりのドヤ顔が、今は少し、頼もしく見えないこともない。

「そういえば、陽菜さん、遅いですね……。私が見に行ってきましょう」

「いや、だったら俺が――」

「いいえ。ひとまず、私に行かせてください。陽菜さんが嫌がるようなら戻ってきますから。……人見知りを克服してほしいんでしょう？　だったら、お兄ちゃんも少しは我慢してください？」

からかうように言う顔は、お馴染《なじ》みのドヤ顔とは違って、驚くほど『大人』に見えた。

思わず、ちょっとドキッとしてしまった恭二には気付かず、柚月は『すたたー！』とドリンクバーへ向かった。跳ねるような足取り。せっかく大人っぽく決めたのだから、最後まで貫けばいいのに。

遠目に見守る柚月と陽菜は。とりあえず、上手《うま》くやっているように見えた。

◆◆◆

「あの、さ……。今日、余計なこと言ってごめん……」

陽菜がそう言い出したのは、柚月と別れ、自宅の最寄り駅に戻ってきてからだった。

並んで、家へと向かいながら。横を歩く陽菜の足取りが鈍くなっているのを察して、恭二は立ち止まった。陽菜も、それを待っていたように足を止める。

そろり、とこちらを見上げる目は不安そうで。

随分、久しぶりの気がした。妹のこんな顔を見るのは。

「怒ってる……？」

「アホ」

いっちょ前に染めてある髪を、ぐっしゃぐっしゃ引っかき回す。陽菜のちっちゃな頭が前後に揺れるぐらい、大袈裟《おおげさ》に。転びそうにでもなったのか、陽菜は「ちょわっ⁉」とかいう珍奇な悲鳴を上げて、恭二に縋《すが》り付いてきた。

「ちょ、もー！　何、いきなり！」

「何、気にしてんだよ。ちゃんと謝ってただろ、お前。これでまだ怒ってたら俺に問題あるっての」

「それは、そうかもだけど……でもなんか、兄貴、いつもと違ったじゃん。だから……あの人は、特別なのかなって」

「だから、違うって」

反射的に否定したものの。何故《なぜ》か、『そうか？』という自問が、頭を掠《かす》めた。

あの時、陽菜を止めたのは、それが兄として、後輩として当然の反応だと思ったからだ。人としての常識、みたいなもの。

でも。本当は、恭二自身も自覚している。あの時の自分の声に、言葉に、必要以上に熱が入っていたこと。

それは、陽菜がどうとかではなく、単純に、柚月が困っていたからで――。

「……あの人のこと好きなの？」

「お前、今日ずっとそれな」

何度も言うように、そういうのではない……と思う。

けれど、『だったらどんな関係？』と聞かれても、上手く答えられる自信はなかった。

ただの先輩と後輩というには、ややこしい間柄になってしまっていると思う。

（本当……なんなんだろうな）

懲りずに絡《から》んでくる柚月と、そして、それを面倒がりながらも、本気で拒絶しようとは思っていない自分と。両方に対して、そう思った。

――しかし。そこそこ深い思索も、口に出さない限り、妹にはさっぱり伝わりはしないのだった。まだ勘違いしている顔で、陽菜は言う。今度はちょっと楽しそうに。

「悪い人じゃなさそうだし……まあ、応援したげてもいいけど」

「だから、違うって」

「そ、そんかわりさ……彼女ができても、さ」

恭二をからかうようだった声のトーンが、不意に沈んだ。俯いた顔は、その先を口にしない。

だから、恭二は手を伸ばして、その頭をぐしゃぐしゃと撫《な》で回した。

「わっ……ちょ、何。いきなり……」

「あのな。何度も言ってるけど、あの人はそういうんじゃない」

それに。

「……仮にこの先、彼女ができることがあったとしても。別に、それで兄妹《きょうだい》やめるわけじゃないし。今日みたいな買い物ぐらい、いつでも付き合ってやるよ」

怪訝《けげん》そうにこっちを見上げていた目が、ぱちくり、と見開かれる。

「そ、そんなこと言ってないじゃん」

唇をとがらせ、そっぽを向いて。拗《す》ねたように言う妹の横顔が、夕日に赤く染まる。

二人で歩く、駅からの帰り道。さすがにもう、手を繋《つな》ぐようなことはしないけれども、辺りに見える景色は子供の頃から変わっていない。

だからきっと、この先も、変わることはないのだろうと思った。

PM 20:30 ～その頃の柚月《ゆづき》～

――どうでもいいはずの相手のことが。いつまで経《た》っても頭を離れてくれないのは、一体どういうわけなのだろう。

(何よ、格好付けて)

ベッドの上。お気に入りのぬいぐるみを抱え込んで、柚月はむっすりと顔を顰《しか》める。

今日の出来事は、ハッキリ言って誤算の連続だった。あんなところ、見られるはずじゃなかったたし、その後だって。

本当なら、妹の前で彼をからかって。精々、恥ずかしい思いをさせてやろうと思っていたのに。「今まで舐《な》めた口利《き》いてすみませんでした」とか、そういうことを言わせて。つまり、わからせてやろうと。そういう予定だったのに、全部台無しだ。

それもこれも、

『兄のこと、好きなんですか』

「あ────!!」

ビターン！　ゴロゴロゴロゴロ、ゴンッ！

床を転げ回ってはあっちこっちに頭をぶつける音が、いつまでもいつまでも止《や》まない。

こうして床上をのたうち回るのもこれで何度目か。防音はしっかりしているほうだと思うけれど、そろそろ下の階から苦情が来てもおかしくはない。

「べ、別にあんな奴《やつ》……好き、とかじゃ……」

転がるのをやめて、起き上がらないまま床で丸くなった。いじいじ、とつま先がラグをいじり回す。

そうだ。別に、なんとも思っちゃいない。あんな男のことなんか。

なのに、

『お世話になってるんだよ』

『感謝もして、るし』

『嫌々一緒にいるわけじゃない』

『むしろずっと一緒にいたい』

『先輩、好きです――』

「だからそれは言われてないんだってばあああうあああああーあーあー!!」

下から衝撃を食《く》らったかのごとく、柚月は奇声を上げながら突然の海老《えび》反り。そのまま衝動的にブリッジ。そして崩れ落ちる。

おかしい。なんで自分は、こんな意味のわからない奇行に走っているのだろう。むしろジタバタすべきはあっちのほうではないのか。少なくとも、当初の予定ではそうなるはずだった。こんなの思ってたのと違う。

「こんなはずじゃないのに!!　ちーがーうーのーにぃぃぃぃ!!」

ばったばったと、めちゃくちゃに手足を振り回す姿は、まるっきり陸に打ち上げられた魚だった。

最早《もはや》床で暴れるだけでは収まらず、抱えていたぬいぐるみを摑《つか》んで放り投げる。天井を直撃したぬいぐるみは勢いそのまま跳ね返り、『何すんじゃい』とばかりに柚月の顔に墜落してきた。上の階からも苦情が来るかもしれない。

普通のマンションなら苦情必至の大騒ぎを（一人で）繰り広げながら、休日の夜が更《ふ》けていく。

第七話

「聞きましたよ、真山《まやま》くん。一度でいいから女性に添い寝をしてもらいたい、と常々口にしているそうですね」

「言ってません。幻聴です」

その日。恭二《きょうじ》の昼休みは、不名誉な言いがかりで幕を開けた。いつも通りの保健室、養護教諭は本日も不在……というか、むしろいつならいるんだろうか、あの人は。

「何がどうなってそんな事実無根の妄想が生まれたのか知りませんけど、誤解ですから。誰ですかそんな迷惑な噂《うわさ》を流してるのは」

「情報提供者は真山くんの妹さんです」

思わぬ身内の裏切りだった。

「っていうか、いつの間に連絡先の交換を?」

「いつも何も、この前会ったときに」

聞けば、店を出る直前、恭二がトイレに立った際に、陽菜《ひな》のほうから持ちかけてきたらしい。帰り道ではそんな素振り、少しも見せなかったというのに。

「陽菜さんの情報によれば、真山くんが最近お気に入りだというライトノベルにそんなシーンがあったとか」

「ナ、ナンノコトダカ」

おかしい。見られて困りそうな奴は本棚にはしまわず、厳重に隠しておいたはずなのに。

「ふふふ。そうですかー。真山くんは私のようなオトナの女性に子守歌を歌って寝かし付けてもらうのがお好みなんですねー。いえいえ、別に、赤ちゃんみたいで可愛《かわい》らしいなーなんてことは思っていませんよぉー？　趣味は人それぞれですもんねー」

んっふふふー、とそりゃもう楽しそうに柚月《ゆづき》がこっちを見てくる。

例によって絶妙にイラッとさせられるツラであった。大人の余裕というより、これではまるっきり、大人を煽《あお》って『わからされる』お子様だった。少し前までなら、柚月がこんな顔をするなんて、想像もしなかったろう。

でも今は、この後に起こるであろうことまで、恭二はもう予想できてしまうわけで。

「そういうことなら仕方がありませんね。ええ、もちろん。私はオトナですから。真山くんがどーしてもと言うなら、ご要望にお応えするのもやぶさかではありませんよ？」

「結構です。お帰りください」

全てを無視し、ベッドに潜り込んだ。柚月に背を向け、「俺もう休むんで」という体を貫く。

……途端に背後から伝わる、困ったような気配。

「……あ、あの？　……もしかして、怒っています、か……？」

そう尋ねる声が本当に不安そうに聞こえて、恭二は早速無視できなくなってしまう。

「いや……怒っては、ないですけど」

諦めて体を起こすと、柚月は居心地悪そうに肩を縮めて、指をもじもじさせていた。

さっきまであんなに得意げで、人を弄《いじ》り倒していたくせに。ちょっと無視したくらいでそんな弱気な顔って、それはズルくないだろうか。

「……先輩って本当、子供ですよね。なんすか、実は頭脳が小学生なんですか」

「な、なんですかっ。私が小学生なら、私より年下の真山くんはもっと子供ですからね！幼稚園ですからね！」

軽口を叩《たた》いたら、柚月も調子を取り戻したようだった。ずんずかとベッドに近付いてきて、恭二の手からシーツを奪い取る。

そして、ベッドの上に乗っかってきた。

「……いいでしょう、そんなに言うのなら、私が真山くんよりオトナであるという証明を」

「そうですか。じゃあ俺は隣のベッドに行くので」

「どうしてですか⁉　それじゃあ意味がないじゃないですか‼」

立ち上がりかけたところで、『ガッ！』と襟を摑まれた。そのまま後ろに引っ張られ、思わぬ力強さに体勢を崩す。どさ、と、背中がベッドに受け止められて、

気がついたら。すぐ横に、柚月の顔が。

触れ合うほどの距離の近さは、否応《いやおう》なく、いつかの『きしゅ』を連想させた。さすがの恭二も、これは平静でいられず、

……なんてことはなかった。恭二が思わずドキッとかしちゃう前に、目の前の顔がみるみるゆでだこと化したから。

この人なんで毎度毎度同じパターン繰り返すんだろうなー、と恭二は他人事《ひとごと》に思う。決して頭が悪いということはないと思うのだけれど、人間というのは実に不思議な生き物だ。

「……そんなに恥ずかしいなら無理しなきゃいいのに」

「む、無理とはなんっ、なんですかっ。私はべちゅに、こんにゃっ、このくらい慣れてい

まちゅち！」
「はいはい、わかりました。先輩は大人ですね、すごいですね。でも俺は恥ずかしいので、このくらいで勘弁してください」
雑に宥《なだ》めつつ、今度こそ体を起こす。柚月は見るからに不服そうだったけれど、引き留められはしなかった。多分、体がガチガチでそれどころではないのだと思う。

その金縛りが解けたのは、恭二が隣のベッドに移動し、カーテンを閉めてから。

「〜〜〜〜〜〜っ‼」

どしゃぁ、と騒々しい音がカーテン越しに聞こえる。

……とりあえず、怪我《けが》がないかだけは確認しておいた。

第八話

「真山《まやま》くんは本当に草食系ですね。むしろ絶食ですね。これだから未経験な人は困ります」

「脈絡もなく人をディスるのやめてくれません？」

柚月《ゆづき》に呼ばれてやってきた保健室……ではなくて、その横の談話室。少し前まで足を踏み入れたこともなかったのに、今ではすっかり、『いつもの』という表現がしっくりくるほどに馴染《なじ》んでしまっている。

それはさておき。本日の柚月は、何やらお冠の様子だった。いつもの（外面《そとづら》だけは）大人びた雰囲気もなりを潜め、子供のように拗《す》ねた表情を隠していない。

「では問題です。私は真山くんの何に困っているでしょうか」

「うわ面倒くせぇこの人」

言ってはならないことだったかもしれないが普通に声に出てしまった。予想通りの結果として、柚月はますます膨れた顔つきになる。

「……いいでしょう。わからないのでしたら、特別にヒントをあげます」

「うわ面倒くせぇこの人――いたたた」

もう一度本音を漏らしたら頬をつねられた。妹の機嫌が悪いときと似ているな、となんとなく思う。

「すみません。真面目に答えるんでヒントお願いします」

「いいでしょう……これです」

ずい、と柚月が突きつけてきたのは、彼女が手にしていたスマホ。そういえば、ここに来たときからずっと持ってたな、と思う。なるほどわからん。

「……どうですか。わかりましたか、私の言いたいことが」

「とりあえず、今日の先輩がいつにも増して面倒くさいってのはひしひしと伝わってきますよ」

「なんなんですか、さっきから意地悪ばかり！　真山くんはいつもそうです！　私を馬鹿にして！　私はオトナなんですからね！　すごいんですからね‼　今に思い知りますから‼」

「そうは言いましても、大人の女性は後輩相手にこんな面倒くさい絡《から》み方しないと思うんですけど」

……とはいえ、このまま正論叩き付けていても埒《らち》が明かない。

「……で、結局なんなんすか。子供の俺にもわかるように教えてください」

「…………れ、連絡先」

ボソボソ、と柚月の口が動く。大人、大人、という割に、その表情は拗ねた子供そのものだ。

「私の、連絡先……知らないでしょう、真山くん」

「そりゃ……教えてもらったことないので」

「し、知らないなら！　聞けばいいではないですか！　こんなに毎日顔を合わせているのに、どうして一向にそういう話にならないんですか⁉　真山くんが何も聞いてくれないから、私は真山くんに連絡を取りたくてもできなくて、いつも困っているんですからね‼」

「……別に、知りたいなら普通に聞いてくれれば」

「だって！　男の子に連絡先なんて聞いたことな――」

つんのめるように、柚月の言葉が止まる。

「…………ど、どう言い出していいかわからないであろう真山くんのために、あえてチャンスをあげたのです。私はオトナですから。こう、あの、後輩の指導を。獅子《しし》は我が子を千尋の谷に突き落とすので」

「そういうの人間の社会ではモラハラっていうんですよ」

ついでに言えば、柚月の子供になった覚えもない。

「……な、なんですか。真山くんは、私の連絡先なんか、知りたくないとでも言うんですか……」

口ぶりだけ聞けば偉そうなのに、柚月の声は気弱に萎《しぼ》んでいく。ぎゅ、とスマホを握りしめる手に、演技ではない不安が見て取れた。

(……だから、そういう)

この人は、気付いているんだろうか。下手にスキンシップなんか仕掛けられるよりも、そういう顔をされるほうが、よほどドキッとしてしまうこと。

「……いや、まあ、知りたくないということは」

返す言葉は、どうしても歯切れ悪くなる。気取られたくなくても、動揺が、わずかに透けてしまう。

でも、柚月はそれを指摘するでもなく、ただ、『ぱあっ』と顔を輝かせただけだった。

PM21：10　～その頃の柚月～

「…………ふふ」

ベッドの上でスマホを眺めて。柚月《ゆづき》の頬に、満足げな笑みが浮かぶ。

画面に映っているのは、アプリのプロフィール画面だ。見事聞き出すことに成功した、真山恭二《まやまきょうじ》のアカウント。

アイコン画像もヘッダーもシンプル極まりなく、初期設定のまま。しかし、そんな飾り気のなさが彼らしい。「そういうの興味ないんで」とか、格好付けてる顔が見えるようである。きっとそれが恥ずかしくて、なかなか連絡先を交換したがらなかったのに違いない。

『やっぱり子供ね!!』と、さらに笑みが深くなる。鼻歌なんかも出てしまう。

「ふーふふふー♪　ふんふんふー♪」

しばらく、柚月はスマホを掲げてニッコニコとしていたが。

「――ハッ!?　違う!!　そうじゃない!!」

ガバーッ、と飛び起きて、ベシーン、とスマホをベッドに叩き付けた。そうではない。

こうではない。

「なんっっっっっっで私が喜んでるの!!　これじゃ私があいつの連絡先を聞きたくてしょうがなかったみたいじゃない!!　違う違う違う!!　喜んでないし!!　嬉《うれ》しくないし別に!!」

なんか知らんけどとにかく腹立たしかったので、とりあえず、手近にあったぬいぐるみをベシンベシンする。

……そう。これも全ては、あの男に一泡吹かせる遠大で深遠《しんえん》な作戦の一部なのだ。……ちょっと意味が違う気もするけど、細かいことはいい。

「ふっふーん。見てなさい、真山恭二！　まんまと私に連絡先を渡したのが運の尽きなのよ！　今日という今日こそ、私のすごさを思い知らせてやるんだから!!」

早速準備に取りかかる柚月を、べこべこにへこんだぬいぐるみが、恨めしそうに見ていた。

第九話

(……ん?)

机に置いたスマホが震えたのに気付いて、恭二《きょうじ》はゲーム機から顔を上げた。

(なんだ。また先輩がスタンプでも送ってきたのか……?)

何しろ、今日の柚月《ゆづき》と言ったらすごかった。というか、ひどかった。用もないだろうに、ことあるごとにスタンプ送ってくるものだから、いちいち目を通すだけでも大変だったのだ。

(……まあ、あの人らしいっちゃらしい気もするけど)

もしかしたら。やたらと『自分はオトナ』と言い張る柚月のことだから、今までスタンプとか、送ってみたくてもできなかったのかもしれない。

そう思うと、まあ多少のことには目を瞑《つぶ》ろうかな、という気にもなる。

だが、スマホを手に取ると、送られてきていたのはスタンプじゃなかった。

『こんばんは』

『今、電話をしても構いませんか?』

（電話?）

……なんでまた?

首をひねりつつ、『いいですけど』と返信。すぐに、柚月のほうから掛かってくる。

「……はい」

『ふふふ。こんばんは、真山《まやま》くん』

初っぱなから謎に得意げな声が、スピーカー越しに聞こえる。

だが、恭二はそこで、またも「ん?」と思った。

なんだか、聞こえてくる音声に違和感がある……こう、変に響いているような。

『……ふっ』

何故《なぜ》か、柚月が勝ち誇ったように笑った気がした。そして言う。

『実は……今、お風呂《ふろ》から掛けているんです』

「はぁ!?」

危うく、スマホを落としかけた。

「いや、なんっ……風呂って⁉」

『んっふふふ。どうしたんです、そんなに慌てて。何か想像したんですか？　たとえば……私の裸とか』

「そんっ……なわけないでしょ⁉」

――ないのに、こうして言われると、かえって意識しそうになる。モヤモヤと、見たこともない柚月の家の風呂場が、そしてそこにいる柚月の姿が、脳内に像を結んでいく。

……だが。想像の結果、実際に脳裏に浮かんだのは艶《なま》めかしいあれそれではなく、『勝った！』とばかりにふんぞり返っている柚月のドヤ顔だった。多分今頃、本当にこういうツラしているに違いない。慌てふためく恭二の反応を楽しんで。

そう思ったら、あっという間に冷静になった。ついでに『イラッ』ともしてくる。

しかし、柚月は恭二の無言を、動揺しているせいだと受け取ったらしい。そりゃーもう楽しそうに、電話口の声が『ふっふっふ‼』と笑う。

『そうですねぇ、真山くんは私と違ってお子様ですもんねー！　どうです？　私のほうがオトナだということがいい加減にわかりましたか？　まあ私も、後輩に意地悪するのは気が引けますから、真山くんがどうしても許してほしいというなら今日はこのくらいで――』

「いえ、別に俺も気にしませんし。そのまま用件どうぞ」

『えっ』

「どうぞ」

電話の向こうから凄《すさ》まじい沈黙が伝わる。震えながら真っ赤になっていく柚月の顔が、目に浮かぶようだった。

こうなると、逆に自分のほうが意地悪をしているようで、恭二は居心地が悪い。

「……急ぎじゃないなら、風呂上がってからにしたらどうですか？　俺もまだ寝ませんし……その、待ってるんで」

『な、何を言ってりゅんでひゅか⁉　そ、それではまるで、私が恥ずかしがっているようではないですか！　私はオトナですから、は、裸のまま電話するぐらい、ちちちっ、ちっとも恥ずかしくなんかありませんとも‼』

なんでこの人自ら進んで爆死しにくるの？　マゾなの？

『あ、あらー？　それとも真山くんはやっぱり照れているんですかー？　それならそうと言ってくれればー。も、もう……！　見栄《みえ》を張ったりして、子供なんですから！』

事ここに至っても、柚月はしぶとく恭二を煽《あお》り返してくるのだった。一体何が彼女をこ
こまでさせるというのか。

『そ、そうです……！　べべ、別に、見られているわけではないですし、どうってことは
ありません！　ありませんとも！』

「先輩。俺やっぱ切っていいですかね？」

『だめです！　逃がしません！　しょ、勝負はまだこれからです！』

「大人なんだから引き際《ぎわ》くらい見極めてくださいよ」

もう強引に切るか……と、スマホを耳から離す。

その、瞬間。

『あ⁉　ちょっ、だめ……あー‼』

柚月の声がひときわ大きくなった。バシャッ、と派手な水音。何が起こったのかもわか
らないまま、画面が切り替わる。テレビ通話に。

——一瞬だけ、恭二は画面内に、白っぽい何かを見た気がした。本当に一瞬。気がつい

たら通話は切れていて、最後にドボンとかボチャンとか聞こえた気もして、「あー、水没」と頭のどこかで思う。

幻だったのか現実だったのか、それすらもわからない、全ては刹那の出来事であった。

第十話

……例の通話の一件以降、柚月《ゆづき》はぱったり、恭二《きょうじ》の前に姿を見せなくなった。このところは体調も良好で、保健室のお世話になることがなかったのもあり、柚月の顔を見ない日々がしばらく続いている。

元々、学年も違う。意識して会おうと思わなければ、顔を合わせる機会なんてないに等しいのだと、改めて思い知らされた。

『平穏な日常が戻った』、と言えば、その通りではある。本来、このぐらいの距離感が正しいのだとも。

とはいえ。

(最後があれってのもな……)

とりあえず、「見てないので」という部分だけでも、伝えておきたい感はある。彼女のためにも、恭二自身の名誉という意味でも。

というわけで、恭二は放課後、久しぶりに保健室に足を運んだ。スマホが水没したらしい柚月とは、現在連絡が取れない。話をするなら、直接会うしかなかった。

だが、訪れた保健室に柚月はおらず。代わりに、女子生徒が一人、困った様子で無人の室内を見回していた。

『あれ？』と思ったのは、彼女が、恭二の知り合いだったから。

クラスは違う。だが、ちょっとした縁で、彼女とは顔見知りなのだった。クラスメイトともろくに話さない恭二にとっては、希少な異性の知人である。

向こうも恭二に気付いたらしい。「あ」と、その口が小さく動いた。

「えっと、真山《まやま》くん！　……真山くんだよね？　合ってる？」

「合ってる、合ってる。……そっちは確か」

「ミケだよー。三池《みいけ》ゆかり」

えへへー、と、ゆかりが目を細める。

地味な見た目の印象通り、ゆかりは大人しい性格だ。といっても、オドオドしている感じではなく、どちらかといえばぼんやり系。話し方といい表情といい、全体的にふにゃふにゃしている。柚月（の外面）とはまた違った意味で、おっとりしたタイプと言える。

「どうしたんだ、こんなとこで。怪我《けが》でもしたとか？」

「うん。ちょっとね、プリントで切っちゃって」

ここ、とゆかりが指先を見せてくる。

「絆創膏《ばんそうこう》もらおうと思ったんだけど……先生がいなくて」

「またどっか行ってんのかよ、あの人……」

ラブコメ主人公の親じゃあるまいし。

「まあ、絆創膏くらいなら、勝手にもらってってもいいだろ。ちょっと待っててくれ、出すから」

「真山くん、場所わかるの？」

「一応な」

「へー！　すごーい！」

「いや、別にすごくは……」

しょっちゅう休みに来ているから、たまに、怪我の手当てを手伝わされることがあるのだ。言うても大したことはできないし、褒められるほどのものではない。

「絆創膏……あった。これでいいか？」

「うん。ありがとー」

にこー、と笑って、ゆかりは絆創膏を……受け取らない。

代わりに、彼女は当たり前のごとく、怪我した指を差し出してきた。

「……いや、自分で貼ってくれよ」

「でも、病院に来たら、お医者さんの言うことは聞かないと」

「ここ病院じゃないし、俺は医者でもないし。というか、言うこと聞くんなら自分でやれって」

「でも、利《き》き手のほうなんだもん」

「絆創膏くらいは貼れるだろ……」

そんなにおかしなこと言ってるつもりはないのだが、ゆかりに引き下がる気はなさそうだ。

「わかったよ。その代わり、変な風になっても文句言うなよ」

「言わないよー。真山くんはきっと上手だもん」

「何を根拠に……」

やや呆《あき》れつつも、ゆかりのほよほよした笑顔を見ていると、こっちもつい笑ってしまう。

別に絆創膏程度、たいした作業でもない。伸ばされた指先にペタッと貼ってやって、それで終了。一分もかからなかったと思うけど、ゆかりは満足げだった。

「わーい。ありがとー、真山くん」

「どういたしまして」

ゆかりが笑って、恭二もちょっと苦笑する。

保健室の扉が開いたのは、ちょうどそのタイミングだった。

養護の先生がやっと戻ってきた……というわけでは、残念ながらなく。ドアの取っ手に手を掛けて、目を丸くしているその顔は。

「あ……っと。先輩……」

「わっ……！　白瀬《しらせ》先輩だ！　えっと……こんにちは！」

とっさに言葉が出ない恭二の横で、ゆかりがお辞儀する。

（そういや、先輩って対外的には有名人なんだっけ……）

『すっかり忘れてたな……』と遠い目になる恭二の横で、ゆかりは興奮に目をキラキラさせていた。その手がグイグイと、恭二の服を引っ張る。

「ね、真山くん！　すごいよ、白瀬先輩だよ！　私、こんな近くで見るの初めて！」

「あー……そ、そうだな……」

リアクションに困って、恭二は曖昧に笑った。そして、そろっと柚月の様子を窺《うかが》う。

窺って……驚いた。

こっちを見つめる柚月の顔。その頬が、さながらハリセンボンのごとくに『ぷくーっ！』と膨らんでいたのだ。

「……おたふく風邪でも引きました？」

「違います‼」

「ですよね、すみません。……やっぱり怒ってますか」

『この間のこと』と、恭二は続けようとするが。

「お、怒ってなんていません！　真山くんが、どこの女の子と仲良くしていようと、私にはなんっっっっにも関係ありませんから‼」

「……は？」

急に何を言い出すのだ、この人は。

ぷい……というか、『ぶぅん！』みたいな勢いでそっぽを向く柚月。ぶんむくれたその横顔を見て、ゆかりがくいくい袖を引っ張ってくる。

「ま、真山くん……白瀬先輩、すごく怒ってるみたいだよ。女の人にエッチないたずらしちゃダメだよ！」

「してねえよ‼」

いや、まあ……『何もなかった』とは口が裂けても言えないのだけれど。でもあれは純然たる事故だったのだ。柚月にとってはそういう問題ではないのだとしても、情状酌量を求めたい。

「あっ、わかったかも！　白瀬先輩が怒ってる理由！」

恭二が内心焦《あせ》っている間に、ゆかりの中で一体いかなる論理展開があったのか。ぺふむ、と信じられないほど気の抜けた音を鳴らして、彼女が手のひらを打つ。そして言う。

「大丈夫です、白瀬先輩。真山くんは私の手当てをしてくれてただけですから。ヤキモチなんて、妬く必要ないですよー」

なんも考えてなさそうなぽやーっとした笑顔で、なんも考えてなさそうな意味不明発言をぶちかますゆかり。

もちろん、恭二のリアクションは『はぁ？』一択。

柚月の反応も、それ以外にないと思われたが。

「そ、そんなにゃわけないでしょう⁉」

噛《か》み噛みなのだった。そして、真っ赤っか、なのだった。

まるで図星を指されたように、柚月は露骨に動揺して、ゆかりの意味不明発言に本気で言い返している。

……いや。柚月のことだから、テンパって意味もなく赤くなっているだけの可能性も十分あるのだけれど。

でも、こんなリアクション、まるで本当に、『そう』みたいで。

（いや、けど、ヤキモチって……）

だって、そうだとしたら、つまり、そういうことになってしまう。

混乱する恭二をよそに、しかしゆかりは、柚月の挙動不審も特に気に留めていないらしい。「良かった～」と胸に手を当てて、安堵《あんど》の吐息。

「そうですよね。先輩は、私たちなんかよりずーっと大人なんだし。こんなちっちゃいことで、ヤキモチ妬《や》いたりしないですよね～」

「と、当然です……」

ぐぐぐ、と力任せに口角を引き上げて、柚月が笑う。鉄の棒を叩《たた》きに叩いて、無理矢理へし曲げたような笑みだった。

「知ってます？　真山くん、一年生の間じゃ、ちょっと有名なんですよ。授業サボってて、不良だー、って。でも、中には『まあカッコよくなくもないよね』って言う女の子もいて」

「へ、へえぇぇ……そうですか、人気者……真山くんが……へぇ……」

ガチガチに強張《こわば》った笑みのまま、柚月がこっちに視線を向けてくる。全く初耳の話に、恭二自身も面食《めんく》らった。ついでに柚月の異様な笑顔にも。

「でも先輩は、そんな噂《うわさ》なんて全然相手にしないんですね！　すごいなぁ〜。私だったら、きっとものすごくヤキモチ妬いて、色々考えちゃうのに」

「いや。ヤキモチも何も、俺と先輩はそういうんじゃ……」

ほうっておくと、ゆかりはいつまでもその設定で話していそうだ。さすがに訂正しようと、恭二が口を挟もうとした矢先。

「あ、当たり前です！　私は、そんな器の小さい女じゃありませんから！　オトナですから‼　だから、真山くんが女の子と二人っきりでいてもちっとも気にしません‼　私のいないところで、私といるときより、楽しそうにしていたって……そんなのは、ちっとも……‼」

ぐっ、と柚月が奥歯を噛み締める。そこから先の言葉を、気持ちも、全部のみ込むみたいに。

「……用事を思い出しました！　失礼します‼」

最後に一度。『ギッ！』と思いっきり恭二を睨《にら》んで。叩き付けるようにドアを閉めて、柚月が保健室を出て行く。

「あ、ちょっ……先輩‼　悪い、三池！　俺、もう行くから！」

ゆかりの返事も聞かないうちに、保健室を飛び出す。柚月の後を追って。

「ちょっと、先輩！　先輩ってば！」

「ついてこないでください！」

「いや、そんなわけには……ていうか、優等生が廊下走っていいんですか！」

ピタリ、とダッシュしていた柚月の足が止まる。キョロキョロ、と周囲を見回したのは、人目を気にしてだろうか。

その隙に追いついて、腕を摑《つか》む。そうしないと、ちゃんと話ができない気がして。

それは、嫌だったのだ。なんだか。

……が。そう思っていたのは恭二だけらしく、捕まえられた柚月は子供のように暴れて、腕を振りほどこうとしてくる。

「もう！　なんですか！　ついてこないでくださいと言ったのに！　私はヤキモチなんか妬いていないと言っているでしょう！」

「わかった、わかりましたから、ちょっと落ち着いて……」

「私は落ち着いていますっ!!」

うー、と真っ赤になって唸《うな》る様は、完全に子供だった。

でも、恭二が腕を離さずにいると、徐々にその抵抗も弱くなっていく。

「…………私のことより、あの子を置いてきてしまっていいんですか。今頃、怒っているんじゃありませんか。どうぞ、私は平気ですから。あの子のほうに行ってあげたらいいじゃないですか」

しまいには、拗《す》ねたようにそっぽを向いてそんなことを言い出すのだった。

でもきっと。ここで恭二が「じゃあ、そうします」と言ったら、柚月は怒る気がした。

これは、そういう顔だ。構って欲しいときの、妹と同じ。

「……ヤキモチ妬いてようが妬いてなかろうが、怒ってようが、怒ってなかろうが。先輩放って、他の奴《やつ》のとこ、行けませんよ」

はた、と柚月が固まる。

『あ、なんか妙なこと言ったな』と、自覚したのはその後だった。

「いや……えっと、今のは」

そういうつもりじゃなかった、と。説明すればいいだけの話なのに、上手《うま》く、言葉がまとまらない。

だから、先に口を開いたのは、柚月のほうだった。

「……なんで、そんなこと言うの」

ぽつり、と。独り言みたいな声。でも、その目は真《ま》っ直《す》ぐに、恭二を見ていた。

恭二に何かを、伝えようとしていた。

でも、恭二がそれを汲《く》み取る前に、柚月はふいっと顔を背けてしまう。

「……もう、いいです」

「いや、でも」

「いいんです！　手当てにかこつけて、女の子とイチャイチャしているような真山くんには、何も期待しません！」

「してませんって、イチャイチャとか……というか、あの子は俺の知り合いと付き合ってるので。そういう誤解は真面目に困ります」

「…………へ？」

ぽかーん、と柚月の口が半開きになった。

三池ゆかりは、寅彦《とらひこ》の彼女なのだった。恭二がゆかりと顔見知りなのも、彼女が寅彦に会いに、恭二達のクラスにやってくるからだ。

「え、あ……そ、そうなんですね……。そうですか……そっか……」

じわじわと。まるで噛み締めるみたいに、柚月の顔に喜びが広がっていく……ように、見える。

「ふふふ、なーんだ！　や、やっぱり真山くんは未経験なんですね‼　安心し――いえ！

な、なんでも!!」

「なんですか。俺に先を越されたと思って焦りでもしたんですか？」

柚月が誤魔化そうとした『安心』を、もちろん恭二は聞き逃さない。

しかし柚月は珍しく、慌てた素振りを見せなかった。「ご想像にお任せします」とか言って、ふふん、と得意げに顎を逸《そ》らす。

……その顔は、見ようによっては。ヤキモチ妬いてることがバレなくて良かったと、ホッとしているように見えなくも、なく。

（……いや。都合良すぎるよな、そんな考え）

頭を振って、浮かれた想像を追い出す。女子の何気ない言動を深読みして大恥掻《か》いた……なんて話はありふれている。自分は冷静でいなければ。

チラッと見ると、柚月はまだ嬉《うれ》しそうに笑っていて。

見ていると、本当に、妙な勘違いをしそうで。

その顔が視界に入らないよう、恭二はさりげなく、目を逸らした。

PM18：45　～その頃の柚月《ゆづき》～

「ふふふふ……」

都内某所。柚月家が借りるマンション、の柚月の部屋。

主《あるじ》の奇行が常態と化してしまったその部屋で。柚月は一人、ひたすらに笑っていた。

にやけ倒していた。

「んふふふ……えへへー」

にったらー、と蕩《とろ》けた頰が元に戻らない。そもそも当人には、顔が溶けている自覚すらない。

(そっかぁ……真山《まやま》くん、やっぱり女の子と付き合ったことないんだ。良かったぁ)

満ち足りた気持ちで、ゆったりとベッドに横になって。

「――違う!!!! 何今の!? 何、『良かった』って!! 何を喜んでるの、私は!?」

これじゃ、まるで。

「あー!! あーうああああ、あー!!」

それ以上は、たとえ頭の中でも口に出したくなくて、柚月は床を転がる。一連の動作も、最早《もはや》慣れたものだった。

「違う違う違うー！　こんなはずじゃないもん！　そういうんじゃない！　私はあいつのことなんて、なんとも思ってないんだから……!!」

……だって、そうじゃないと。

『――僕たちはまだ、子供だから』

ぎゅっ、と無意識に両手を握りしめていた。

転がるのをやめて、柚月はその場で体を丸める。頭を過《よぎ》った嫌な記憶を、押しつぶしてしまおうとするように。

「……そうよ。もう同じ轍《てつ》は踏まないんだから。そのために、ずっと頑張ってきたんだもの……！」

負けないと、もう一度、呟《つぶや》くように口にする。何に負けたくないのかもあやふやなまま。

そのためには、勝負に出ることが必要だった。

第四章
デート回、あとはわかるな？

第十一話

「真山《まやま》くん。次の日曜日、お暇ですか？」

にっこりと。微笑《ほほえ》む柚月《ゆづき》の顔を見返して、恭二《きょうじ》はとりあえず、黙る。最早現状の説明をする必要もないほど、毎度お馴染《なじ》みの保健室、昼休みの一幕。

「……な、何か言ってください！　人が質問しているのに、無視するなんて失礼では⁉」

「いや、無視したわけでは……」

ただ、迂闊《うかつ》に答えたくなかっただけだ。柚月の質問の意図が、よくわからなくて。

「ええと、なんですか。日曜？」

「はい。もし時間があるなら、付き合ってもらえませんか？　一緒に映画を見に行きましょう。友人と行く予定でチケットも用意したのですが、先方の都合がつかなくなってしまって」

「もしかして、その友人とは先輩の想像上の」

「そ、そんなことはいいんです！　とにかく、空いているんですか⁉　いないんですか⁉」

図星らしい。

「ええ……なんですか？　見栄《みえ》張ってチケット取ったはいいけど誘う相手がいないからとか、そういう？」

「違います！　も、もう……！　真山くんは私をなんだと思っているんですか⁉」

既に余裕の化けの皮は剝がれて、早くも必死感が滲《にじ》む柚月である。よほど切羽詰まっているのか。

「……まあ、予定はありませんし。いいですけど、映画くらい」

「本当ですか⁉」

ぱあ、と。あまりにも嬉しそうな顔をするから、面食《めんく》らってしまった。

「そんなに同行者に困るぐらいなら、最初から二人分のチケットなんか取らなきゃいいのに。一人で見たくないような映画なんですか？」

「だから違うと言っています！　こ、このチケットは、ちゃんと、誘うためにですね……」

もにょもにょ、と言い訳が尻すぼみに消えていく。どうあっても、非実在友人の設定を取り下げる気はないようだ。

……というか、今さらだが。

「……あの。映画って二人で行くんですよね」

「そう言ったじゃありませんか」

「いや、まあ、そうなんですけど」

それは、こう……あらぬ誤解を招きかねないだろうか。

「あら？　もしかして真山くん、照れているんですか？　私と二人っきりだから」

「……そういうわけでは」

「ふふふ。隠さなくてもいいんですよ。そうですよね。事情はどうあれ、男女が二人きりでどこかへ出掛けるわけですし。対外的に見れば、これは十分にデ――」

得意げだった柚月の言葉が、壁に衝突するように急停止。

「っ……デ……！　でで、でっ……！」

「そんな大王いましたね」

「違いますその『デ』ではなくて！　だから、つまり……ふぐぐ……！」

接着されたドアをこじ開けるように、柚月の唇がプルプルと震える。

「デ……デート、の、ようですもんね！　ま、まあ？　私はオトナですし！　おと、男の子とデデデートするぐらいいっ、なーんとも思いませんが！」

言ってやった、とばかりに、柚月が『フン！』と胸を反らす。相変わらず顔真っ赤だしあっちこっちプルっているしで、迫力も何もないが。

「……そもそも先輩はデートのつもりなんですか？」

普段の恭二だったら、こんな大それたことはとても聞けなかったと思う。

でも、目の前の柚月があんまり隙まみれだから、つい、思っていたことがそのまま口から出てしまった。

んぐふっ、と柚月が呼吸を詰まらせる。そのまましばらく、痙攣《けいれん》するようにピクピクと震えて。

「っ、っ……すっ、すきに！　と、ととと、とっていただいて、かみゃ、ま、かまいましえんが⁉」

「……そうですか」

否定されなかったことに、少しだけ動揺する。

まあ、柚月のことだから、単に見栄張ってそれっぽいことを言っただけかもしれないけれど。

（けど……先輩と、映画か）

日曜日に、柚月と二人っきりで会う。学校以外の場所で。

仮にデートでないとしても、それだけで十分緊張してしまっている自分に、恭二はまだ気付かない。

◆◆◆

――しかし、考えれば考えるほど、疑念と緊張は深まる一方なのだった。

すなわち、

（……やっぱりデートなんじゃないのか？）

放課後。ＨＲなんかとっくに終わっていて、教室の中はガヤガヤと騒々しい。難しい顔で座り込む恭二の周りだけ、隔離されたかのように静かである。

「なんだよ、真山。帰んねーのか？」

横から寅彦《とらひこ》が声を掛けてきて、思考に埋もれかけていた意識が浮上。

『帰らないのか』と言う割に、寅彦はバッグを机にのっけて、イスから立ち上がる様子もない。お前こそ帰らないのか、と恭二は言いかけて。

「トラくーん。一緒に帰ろー」

ひょこ、と。

帰って行くクラスメイトの流れに逆らって、ゆかりが教室に入ってきた。「おう」と片手を上げる寅彦の顔がわかりやすく緩む。

「……仲いいな、お前ら」

「へへ。まあな」

別に照れるでも自慢するでもなく、寅彦は無邪気に嬉《うれ》しそうだった。なんだか人間としてのステージの違いを感じてしまって、微妙にへこむ。

「真山くんだって、先輩と仲いいよね」

「へー、そうなん？」

「……普通に知り合いなだけだって」

「えー。そうは見えなかったけどなぁ」

にっこにっこと、ゆかりがこっちを見つめてくる。糸のように細められた目は、なんだか意味ありげ……なんてこともなく、ただただ平和に緩んでいた。

「そういや、白瀬《しらせ》先輩っつったっけ。あの人、こないだ教室に来てたよな。んで、二人で出て行ってさ。あれ、結局なんだったんだよ」

「だから、言ったろ。保健室に忘れ物したのを届けてくれたんだよ。それでちょっと話しただけだって」

話題を打ち切りたくて、少し強めに言い切る。……あの件は正直、蒸し返されたくない。

ただ、恭二が心配していたほどには、あれこれ噂《うわさ》されているわけでもないようだった。

多分、何かあるんじゃと邪推するには、柚月が高嶺《たかね》の花すぎるのだろう。『あんな大人の美人が真山くんなんか相手にするわけないよね』。そう思われているであろうことを、なんとなく想像する。

（いや……実際は〝ああ〟なんだけど、あの人）

……その時、恭二は気付いた。寅彦とゆかりが、何かを探るような目で、恭二のことをじっと見ていたのだ。そして顔を見合わせるカップル。

軽く頷《うなず》き合うと、寅彦は体ごと、恭二のほうに向き直った。ゆかりはゆかりで、手近なイスを引いて腰を下ろす、「ちょっと借りまーす」とか一人で呟《つぶや》きつつ。

「……いや、なんだよ」

「水くせえぞ、真山。お前、このところ妙にボーッとしてるだろ。そのくせ、俺がミケといると、なんか聞きたそうにこっち見てるしよ」

「別にそんなことは……」

……あるのだった、実は。

こう見えて、寅彦もゆかりに結構甘い……というか、二人でいると周りが目に入らなく

ファンタジア文庫の最新情報が満載
ファンタジア FANTASIA チャンネル CHANNEL
202
3
シリーズ累計
50万部突破!
騙し、欺き、
立ち向かえ――
世界最高の
スパイファンタジー第7弾
もう一つの
『スパイ教室
コミックス1～2巻
大好評発売中!
スパイ教室 07
《氷刃》のモニ
著者:竹町 イラスト:トマ
注目新作1
YouTubeで累計700万回再生!
史上最強のカップルラブコメ開幕!
私より強い男と結婚したいの
清楚な美人生徒会長(実は元番長)の
秘密を知る陰キャ
(実は彼女を超える最強のヤンキー)
著:高橋びすい イラスト:Nagu
キャラクター原案・漫画:水平線
注目新作
余裕たっぷりで、みんなの憧
少し攻めればチョロイン
保健室のオトナな先
俺の前ではすぐテレ
著:滝沢慧 イラスト:色谷あ
ファンタジア文庫
毎月20日発売!
公式HP https://fantasiabunko.jp/
〒102-8177 東京都千代田区富士見2-13-3

ファンタ
YouTubeで
累計 700万回再生!
史上最強のカップル
ラブコメ開幕!
私より強い男と結婚したいの
清楚な美人生徒会長(実は元番長)の
秘密を知る陰キャ(実は彼女を超える最強のヤンキー)
著:高橋びすい　イラスト:Nagu　キャラクター原案・漫画:水平線
陰キャボッチの少年・小暮秋良は、ひょんなことから美人生徒会長の高崎雫花が元女番長だという秘密を知ってしまう。彼女は自分より強い男と結婚したいらしいが、実は秋良こそが、彼女を超える最強のヤンキーだった。
新作!
余裕たっぷりで、
みんなの憧れ。
少し攻めれば
チョロインに!?
保健室のオトナな先輩
俺の前ではすぐデレ
著:滝沢慧　イラスト:色谷あす
新作!
優しく、オトナな雰囲気をまとう保健委員・柚月先輩。保健室の常連・
二は彼女に気に入られ、からかわれる日々。そんな挑発をやり返した
て…「あなたのことが好きです」その瞬間、柚月の挙動がおかしくなり

史上最強の大魔王、
村人Aに転生する
AT-X、TOKYO MX、BS日テレ、
KBS京都、サンテレビにて
2022年4月6日(水)より
放送開始！
CAST】
ード：深町寿成　アード（少年時代）：高橋李依　イリーナ：丸岡和佳奈
ニー：羊宮妃那　シルフィー：大橋彩香　オリヴィア：園崎未恵
アニメ公式Twitter
@murabitoA_anime
©下等妙人・水野早桜／KADOKAWA／村人A製作委員会

ATE A LIVE
NNIVERSARY
2022年 4月
TVアニメ
放送開始!!
デート・ア・ライブⅣ
DATE A LIVE
©2021 橘公司・つなこ／KADOKAWA／「デート・ア・ライブⅣ」製作委員会

ファンタジア文庫4月の新刊
大人気剣戟無双ファンタジー、第9弾!
コミックス1～3巻発売中!
一億年ボタンを連打した俺は、気付いたら最強になっていた 9
～落第剣士の学院無双～
著:月島秀一 イラスト:もきゅ
自炊男子と女子高生 新作
著:茜ジュン イラスト:あるみっく
ぽんこつかわいい間宮さん
社内の美人広報が
なりの席に居座る件～ 新作
小狐ミナト イラスト:おりょう
クルで一番可愛い大学の後輩
極先輩と、積極的な新入生 新作
虫 イラスト:maruma(まるま)
令嬢
界最強の問題児バディ～ 新作
らげ イラスト:火ノ
プロポーズ 2
イラスト:つなこ
ます 3
魔王城～
イラスト:天野英
クラスのギャルが、なぜか俺の義妹と仲良くなった。3
「今日はもう少し、キミといたいな」
著:佐波彗 イラスト:小森くづゆ
放課後の聖女さんが尊いだけじゃないことを俺は知っている 3
著:戸塚陸 イラスト:たくぼん
S級ギルドを追放されたけど、実は俺だけドラゴンの言葉がわかるので、気付いたときには竜騎士の頂点を極めてました。3
著:三木なずな イラスト:白狼
冴えない彼女の育てかた 深崎暮人画集 下 Fine.
著:深崎暮人 原作:丸戸史明
※ラインナップは予告なく変更になる場合がございます。
※実際のイラストとは異なります。
4/20発売!!
KAWA
ファンタジア文庫公式Twitter @fantasia_bunko
メディアミ
キミと僕の最後の戦場、あるいは世界が始まる聖戦
the War ends the world / raises the world
著:細音啓 イラスト:猫鍋蒼
アニメ続編制作決定!
CAST
小林裕介 雨宮 天
石原夏織 白城なお
土岐隼一 花守ゆみり
新米錬金術師の店舗経営
著:いつきみずほ イラスト:ふーみ
TVアニメ化決定!
TVアニメでも、目指せ一人前の国家錬金術師!
4月20日(水)発売予定!
価格:4,620円(税込)
あなたが望むメインヒロインに、なれたかな?」
冴えない彼女《ヒロイン》の育てかた 深崎暮人画集 下 Fine.
著者:深崎暮人 原作:丸戸史明

なるタイプらしい。すぐ横で甘ったるいやり取りを聞かされて、ため息をつきたくなったのは一度や二度じゃない。というか、こんなだからこの男は、いつまで経《た》っても同性の友人ができないのでは？

が、そんな様子を見ていると思うこともあった。

つまり、自分と柚月の関係。もっと具体的には……二人で映画を見に行くのはデートに含まれるのか、ということ。

「……なあ。参考までに聞きたいんだけど、男と女が休みの日に映画見に行くとして、その二人の関係ってなんだと思う？」

「え～。真山くん、先輩とデートに行くの～？」

「いや。違う。俺の話じゃない。それに、なんで相手が先輩になるんだよ」

「いいなぁ。ねーねー、トラくん。私達も今度、映画見に行こうよー」

「いいけど、映画館行くのか？　人混み苦手だろ、お前」

「そうだった……じゃあお家《うち》で見よ～」

「おう。またお前ん家《ち》でいいよな？」

あっという間に恭二を蚊帳《かや》の外に放り出し、寅彦達はイチャつくことに余念がない。

「おいこら。お前らが聞いてきたんだろうが」

「そうだった！　ごめんね真山くん。トラくんは人の話をあんまり聞いてないときがあるから」

「今のはお前もだろ、ミケ……」

呆《あき》れたように言いつつも、寅彦は笑顔を崩さない。つくづく、彼女に甘い男だと思う。

「悪い、真山。ちゃんと聞いてたって。お前と先輩のデートの話だろ？」

「聞いてねえじゃねえかよ」

渋い顔をする恭二を、寅彦は素知らぬ顔で「まあまあ」と宥《なだ》め。

「つーか、俺からすりゃ、お前が何を答えてほしいのかわからん。肝心なのはお前と、あとは先輩のほうがどう思ってっかだろ。俺らに聞いてどうすんだ」

思いがけず、真っ当な正論を返された。恭二は言い返せず、「ぐ」と唸《うな》る。

そして、とうとう、

「……聞けたら苦労してない」

このところの悩み、その核心部分を打ち明けてしまった。

途端に、ゆかりが立ち上がって、

「だったら聞きに行こうよ！　今から！」

『ドーン！』とSEでも聞こえてきそうなポーズで、ゆかりが両手の拳を握る。『は？』

と、恭二の目が点になった。

「い、今から？　聞きに行くって――」

「そうだよー、先輩のとこ！　多分保健室にいるよね？　じゃあ、しゅっぱつー！」

「おいおいおい⁉」

ギョッとする恭二にはさっさと背を向け、ゆかりは小走りに廊下へ。動きはぽてぽてとろくさいのに、移動速度は思いのほか速い。

「ちょっと、待てって！　三池《みいけ》！　トラも見てないで止めろよ⁉」

「いや、無理無理。あいつ、ああなったら聞かねえから」

妙に悟ったようなツラで、寅彦はヒラヒラと手を振る。

（ああ、くそ……！　迷惑なカップルだな‼）

内心で毒づきつつ、恭二はゆかりを追って、保健室へと急ぐのだった。

◆◆◆

「あー、やっときたー。遅いよー、真山くん」

恭二が保健室に飛び込むと、既にゆかりは柚月と向かい合っていた。奥のソファセット

——以前に柚月が居眠りをしていたところだ——に座って、すっかり話し込む態勢である。

「真山くん？　どうして、あなたまでここに？」

「いや、どうしてって……」

なんと説明しようか迷っていると、ゆかりがソファ越しに振り返って、ちょいちょい、と恭二を手招き。そして柚月に見えないよう、『しー』と指を立てる。

「あのね、あのね。作戦なんだよ。いきなり聞いちゃっても良くないから、まずは私が、先輩に恋愛相談に乗ってもらおうと思って。あとは私が、さりげなく話題を誘導するから！」

むん！　と自信満々に胸を張るゆかり。その顔はとっても柚月に似ていた。つまり、不安しかない。

（いや、でも、そのほうがいいのか……。あんなこと聞かれたら、そっちのほうが困るし）

思ったより、まずい事態にはならずに済みそうだ。

恭二はホッと息を吐く……ものの、だからって、このままゆかりを放置もできない。

「あの……俺も同席していいですか？」

「え？　ど、どうして真山くんが……？　え、三池さんの相談……ですよね？」

「いや、その。トラ……三池の彼氏に頼まれて」

「ああ。……そういえば、お友達の彼女さんなんでしたっけ。三池さんがいいなら、私は構いませんよ」

「いいよ～。早く早く、真山くんも座ってー」

……と言われても。

向かい合って座る柚月とゆかりの真ん中で、恭二は一瞬、迷う。

いや、悩むまでもなく、自分はゆかりの付き添いなのだから、ゆかりの隣に座るのが自然なのだが……なんだろう、この気まずさは。若干首を捻《ひね》りながらも、恭二はゆかりの横に、

「違うよ？　真山くんはあっち」

にっこり笑顔で、ゆかりの指が向かい……つまりは、柚月の隣を指差す。

何故に、という気持ちで、柚月と目を見合わせる恭二。柚月も微妙に困惑したような顔をしている。

「ま、まあ……三池さんがそう言うのですし。ど、どうぞ？」

「あ、はい……どうも」

結果、柚月と恭二が隣同士、向かいにゆかりが座る形となった。一体これから何が始ま

るのだろう。

「ええと……そうですね。じゃあ、まずはお二人のお話を聞かせていただきましょうか。お付き合いはいつ頃から？」

「えっと……中学校の、二年生から。トラくんがね、『ずっとミケと一緒にいたい』って」

「あら。それではもう、一年以上になるんですね。仲が良いようで、とても羨ましいです」

えへへ、と、ゆかりは愛らしくほっぺを染める。柚月もうふふ、と笑う。思いがけず友人の告白台詞《ぜりふ》を聞いてしまい、恭二は心の中で寅彦に土下座（だって自分なら絶対に人には知られたくない）。

「でも……確かに、交際して一年以上になるなら、色々と考えることも出てくるのかもしれませんね。もしかして、そろそろ次のステップに進みたいとか、そういう相談でしょうか？」

「わー、先輩すごい！　どうしてわかっちゃうんですか⁉」

呑気《のんき》に目をキラキラさせるゆかりをよそに、恭二は『おいおい』と目を剝《む》く。

「……ちょっと、先輩。大丈夫なんですか？　そんなこと言って」

こそっと、隣の柚月に耳打ち。ゆかりが不審がるかもしれないが、この際仕方ない。

「そんなこととはなんですか。何もおかしなことは言っていませんよ」（小声）
「だって、『次のステップ』とか言い出すから……そんなこと相談されたって答えられないでしょ。先輩」（小声）
「問題ありません。三池さん達はまだ一年生ですよ？　『次』と言っても、精々ファーストキスレベルのはず。それなら問題ありません」（小声）

相談者を目の前にして、恭二と柚月のひそひそ話は続く。

そして、そんな有様を見せられれば、いくらゆかりがのほほんとしていても、さすがに疑問を持たないわけもなく……。

「先輩も真山くんも、なんのお話してるのー？」

「いや、こっちの話だ。三池は気にしなくていい」

「わかった！　気にしないね！」

微塵《みじん》の疑問も持たず、ゆかりは元気に頷いた。……今さらだけど、この子はちょっと色々緩すぎじゃないだろうか？

「コホン……すみません、三池さん。相談中に……それで、お付き合いしている彼と、もっと関係を深めたい、というお話でしたよね？」

「はい、そうなんです。私とトラくん、まだ最後まではしてなくて」

――柚月と、恭二。二人の時間が、同時に凍り付く。

「……あー、俺ちょっと用事思い出したわ。悪いな三池。じゃあこれで」

「待ってください」

立ち上がりかけた恭二の手を、柚月が『ぐわし』と摑《つか》む。そのままの姿勢で、柚月はゆかりに顔を向け、にっこり。

「すみません、三池さん。ちょっと真山くんと話したいことができました。少し待っていていただけますか？」

「あ、はい。わかりましたー」

ほやー、と頷《うなず》くゆかりをソファに残し、恭二は柚月に引きずられて保健室を出た。やってきたのは人気《ひとけ》のない外廊下。

「どうしよう!?」

足を止めるなり、柚月は叫んだ。一応、人に聞かれないよう配慮はしつつも。

……そして恭二は別のことでもひっそりと焦《あせ》る。柚月の手は、まだ恭二の手首をしっかりと掴んだままなのだ。

ほそっこい指に、『ぎゅう』と握り込まれて。すべすべした手のひらの感触が、どうも落ち着かない——。

「いたたたっ⁉　痛い！　ちょっ、痛いですって！　そんなに強く握らな——あー！」

「え、あっ。ご、ごめんなさい」

ギリギリと、拷問具のように締め上げられていた手首が解放される。微妙に赤くなっているそこをさすりつつ。

「で、でも、どういうことなんですか、真山くん⁉　早すぎませんか⁉　いくら一年以上も付き合っているからって、こういうことはもう少し大人になってからですね……！」

「俺に言われても困りますよ！」

こっちだってテンパっているというのに。

「うぅ……大人しそうな子だから相談内容も微笑《ほほえ》ましい感じだと思ってたのに！　話が違ううぅぅ……！」

頭を抱え、柚月はその場にしゃがみ込んでしまった。恭二は為《な》す術《すべ》もなく、そのつむじを見下ろす。

「あー……もうこの際、しょうがないんじゃないですか。『そういうことはわからない』って正直に言って――」

「…………いえ。よくよく考えたら、慌てるようなことではありませんでした」

「え……？　急にどうしたんですか」

「重要なことに気付いたんです。いいですか？　真山くんもよく考えてみてください。三池さんとその彼氏の方はまだ高校生、それも入学したばかりの一年生なんですよ？　本当に、そこまで関係が進んでいると思いますか？」

「思うか思わないかで言ったらそりゃ思いたくはなかったですけど！　でも現にご本人様がそう仰《おっしゃ》ってますし！」

「そこです。妙だとは思いませんか？　女の子なら普通、この手の話は恥ずかしがってなかなか口にできないはず！　まして、あの場には未経験の真山くんもいたわけですし」

「わざわざ『未経験の』を付け足す必要性がどこに？」

「とにかく、以上を踏まえての結論は一つです！　三池さんは『最後までしていない』と言っただけ！　実際は、初デートとかファーストキッスだとか、そのレベルの微笑ましい話をしていたに過ぎないんですよ！」

「な、なるほど……」

言われてみれば、一理あるかもしれない。

改めて、ゆかりのぽえぽえとした笑い顔を思い返す。女子と言うより、むしろマスコット感溢《あふ》れるその雰囲気。あんなゆるキャラめいた子が実は色々経験済みだなんて、確かに信じがたい。ラブコメのギャップ萌《も》え設定ではないのだからして。

「となれば、最早《もはや》恐るるに足りません！　その程度の話であれば私でも十分に対処できます！　どんな相談でもばっちり華麗にアドバイスしてみせましょうとも！」

「どっちにしろ、先輩が未経験なことに変わりはないのでは？　……というか、そこまでして無理に相談に乗らなくても。断ればいいじゃないですか」

「そんなことはできません！」

間髪入れずに、柚月が言い返してくる。

でも、その顔に浮かんでいた表情は、恭二の予想とは少し違った。

柚月はひどく、真剣な顔をしていたのだ。気負っている、と言い換えてもいい。『絶対にやり遂げなければ！』という責任と決意が、目の中に燦々《さんさん》と灯《とも》っていた。

「だって彼女は、私ならなんとかしてくれるって、そう信じて、私を頼ってくれたんです！　私ならなんとかできるって、そう思ってくれているはずなんです！　なら、絶対裏切れません！　絶対‼」

　いつもの見栄《みえ》とは違う必死さに、恭二は言葉をのみ込む。ここは茶化してはいけない場面だと、この顔を見せられれば誰でもわかるだろう。

「……できそうですか、なんとか」

「…………………」

　たらり、と柚月の額を冷や汗が伝った。顔色がみるみる淀《よど》んでいく。

「自信はないんですね……」

「そ、そんにゃことは……！　ただ、もう二、三日時間があれば完璧と思うだけで……いえ、でも、やってみせますとも！　大丈夫です！　仮に限界を迎えたとしても、私の経験上、『これ以上はまだ話すべき時ではありません』と思わせぶりに微笑んでおけば大抵乗り切れます！」

「誤魔化した経験だけは豊富にあるんですね」

　ふんぬふぬぬ、と鼻息だけは勇ましく、柚月が保健室に戻っていく。

　ピシッと伸びた、その背中を見つめ。恭二はため息と共に、ポケットのスマホを取り出した。

「……あら？」

保健室のドアを開けるなり、柚月が立ち止まる。

中にいたのはゆかり……と、寅彦だった。見知らぬ男子の出現に、柚月は一瞬戸惑った顔をする。

「先輩。こいつです、三池の彼氏」

「ども。青柳っす。ミケと真山が世話んなってます」

『なんで俺もだよ』と思う恭二をよそに、柚月は「ああ」と納得した様子で頷いた。すぐに、たおやかな微笑がその頬に浮かぶ。

「初めまして。二年の白瀬柚月です。三池さんから、お話は色々伺いましたよ。とても仲がいいようで、何よりです」

「やー。別に普通っすよ、普通。な、ミケ」

「えへー」

笑いながら、寅彦の手はゆかりの頭を撫《な》でる。ゆかりもゆかりで幸せそう、すっかりされるがままだ。

「それよか、白瀬先輩。ミケがなんか迷惑掛けたみたいで、すんません。こいつは俺が連れて帰るんで」

「えー。お話聞いてもらってただけだよぉ」

「膨れんなって。白瀬先輩は優等生なんだから、忙しいんだよ色々と。俺らのノロケ話に付き合わせせんじゃねーの」

その時、寅彦の視線がさりげなく恭二へ。

恭二が軽く頭を下げると、寅彦は『気にすんな』というように笑った。

保健室に戻る途中、恭二はスマホで寅彦に連絡。『ゆかりを回収しに来てくれ』と頼んでいたのだ。柚月に気付かれないよう、こっそりと。

「あー、ほら。三池もさ。話したいことがあるなら、別の日に改めて、とかにしたらどうだ。今日はいきなりだったけど、事前に約束しとけば先輩も困らないだろうし」

――柚月が。何かに気付いたように、こちらを振り返る。

しかし、恭二はその視線に気付かないフリをした。

「そっかぁ。それもそうかも。ごめんなさい、白瀬先輩。また今度、遊びに来てもいいですか？」

「え？　ええ、もちろん……構いませんよ」

「やったー！　あ、じゃあじゃあ、連絡先、教えてください！」

いそいそ、スマホを取り出すゆかり。

「先行ってるぞー」と出て行く寅彦に続いて、恭二もさりげなく保健室を出る。これでひとまず、柚月に追及されずには済むだろう。

（てか……俺の悩みはなんも解決してねえじゃん）

いや、まあ、悩みというほど大それたことでもないけれど。ほんのちょっぴり、気になっているだけだけれども。

思わずため息つきそうになったところで、「そういや」と、先を歩いていた寅彦がこっちを振り返る。

「悪かったな、真山。ミケのヤツ、なんか変なこと言ってなかったか？」

「あー……」

寅彦の顔を、じっと見つめた。脳裏を過《よぎ》る、『まだ最後までしてない』というワード。

「……………いや。別に。大したことは。なんにも」

「そうか？　ならいいんだけど」


真偽を確かめる度胸は、とてもなかった。

PM23：20　～その頃の柚月《ゆづき》～

日曜日──の前夜。

部屋の床一杯に、手持ちの洋服を広げて。柚月はむっつりと腕を組む。

前から持っていた服に、明日のデートに向けて新たに買い足したもの。全部並べてみるけれど、一向に、『これぞ！』というものが決まらない。

衣服を見下ろす柚月の眼差《まなざ》しは、デート前の女子というより、武器の手入れをするアサシンといった趣である。

当然だ。柚月にとって、今回のデートはまさしく決戦。ここでビシッと決めて、バシッとやってやって、今度こそ、奴《やつ》をあっと言わせてみせるのだから。

となれば。着ていく服だって、それ相応の『威力』というものが求められる。

（やっぱり……これよね）

手に取ったのは、大胆な肩出しのワンピ。以前買った雑誌を参考に、『とにかくセクシーな奴！』と選んできたものだ。

本音を言えば、これを着て恭二《きょうじ》の前に出て行くのは結構恥ずかしいのだけれども、これであの男をわからせてやれるなら、肩や胸元の一つや二つ安いもの。

赤くなって目を逸《そ》らす恭二の顔を思い浮かべ、柚月は悦に入るが。

(でも……やっぱり、もっとスリットとか、露出が多いほうが良かったかも……)

実のところ、見て回った中には、もっときわどい感じの服もあったのだ。でも、それはさすがに恥ずかしさが勝って、試着すらもできなかった。今になって、そのことがじわじわと気になり始める。

もし。ちょっと日和《ひよ》ってしまったことが、恭二に見透かされたら……。

『はー？　そんなもんで大人の色気とか笑わせますね。今どき中学生だってもっと大胆な格好してますよ？　それでも高校生なんですか、先輩』

「にぃぃぃぃ……！」

ぎゅう、と思わず両手に力が入る。買ったばかりのワンピースが、握りしめた手の中でしわくちゃになる。

『ハッ!?』と我に返って、慌てて伸ばし伸ばし。

……だってこれ、高かったのだ。普段買っている、キャラ物Tシャツの五倍くらいはした。お金がかかるのだ、大人でいるのも。

（お、落ち着いて、落ち着くのよ私……！　どうせ真山《まやま》くんは未経験だもの！　女子とデートなんて初めてのはず……！　む、無理に色気で勝負しなくても、どうせ、勝手に緊張して勝手に自滅するわよ！）

それに、自分達は高校生だ。柚月は大人だけれども、最初から飛ばしすぎても、後輩の教育上よろしくない。年下に配慮してあげるのも、また大人の余裕。今回は健全にいこう。

（そうなると……これとか？）

ワンピースは丁重にしまって、代わりに取り出したのは、中学の時に買ったお気に入りの服。これはどうだろう？　自分では似合っていると思うけれど……。

『服の趣味が小学生で止まってますね。まあ、いいんじゃないです？　先輩らしくて。プップッ』

「みぁぁぁぁ!!」

お気に入りの洋服を、べシーンと床に投げつける。

——そもそも。

「なんで!?　なんで私が、あいつのことでこんなに悩まされなきゃならないの!!　わざわざ服まで買って!!　お小遣いもなくなるし!!　これじゃ私が、明日のデートが楽しみで仕方ないみたいじゃない!!　良く思われたくて必死みたいじゃない!!　そんなんじゃなーいーのーにー!!」

広げた服の上に倒れ込んで、手足をばたつかせる。

「大体、オシャレとか気にするのは向こうでしょ!?　私、ものすごくモテるのよ!?　人気あるのよ!?　デートできるんだからもっと喜んでよ！　……喜んでよ」

暴れた勢いに任せ、ごろり、とうつ伏せになった。腕で顔を覆って、そのまましばし、動きを止める。

「……いっつも、私ばっかり」

初恋だった。大好きな人だった。

でも、そう思っていたのは自分だけ。

あの時、柚月は学んだのだ。どんなに人を好きになったって、相手からも好かれなければなんの意味もない。

ならもう、自分から誰かを好きになんてならない。自分を磨いて、誰もが憧れるような大人の女になるのだ。そうして、自分を好きになってくれた人と、幸せな恋をすればいい。片想《かたおも》いなんてしなければ、失恋することもないのだから。

……むくり、と。もう一度、体を起こす。

壁の時計はそろそろ深夜を告げようとしている。そろそろ寝ないと明日が辛《つら》いことは目に見えていたが、服が決まらないことにはそれもできない。

「……負けないんだから」

ぐしぐし、と目元を擦《こす》った。なんだか濡《ぬ》れている気がするけれど、きっと気のせい。だって、泣く理由なんか何もない。

別に、あいつのことが好きとか。変に思われたくないとか。またフラれるのが怖いとか。そんなことは少しも、考えてはいないのだから。

――結局、柚月がベッドに入ったのは、明け方近くになってからだった。

第十二話

「……あれ？　兄貴。どっか行くの」

日曜日。玄関で靴をはいていたら、陽菜《ひな》に声を掛けられた。

「ちょっとな。夕方くらいには帰るから」

「…………デート？」

「違う」

否定したけれど、陽菜は信じていなそうだった。恭二《きょうじ》の全身を眺め回し、「……ま、その格好ならギリ合格かな」と頷《うなず》く。

それから、急に気遣わしげな顔になって。

「体調なら万全だぞ」

「そういうんじゃなくてさ。相手、白瀬《しらせ》先輩でしょ。大丈夫？　二人っきりで、緊張して黙っちゃったりとかしない？　……私、こっそりついてこうか」

「いらんわ。……行ってくる」

「もー、本当に大丈夫ー!?　なんかあったら連絡してよー！」

割と本気で心配している様子の妹を尻目に、家を出る。

……出掛ける前から早速疲れた気がする。全くどいつもこいつも、デート、デートって。それとも、頑《かたく》なに否定する恭二のほうが、むしろ意識しすぎなんだろうか。

（まあ……どうせ先輩のが俺より意識してるんだろうし、いいか）

そもそも、普段の柚月《ゆづき》のテンパり具合を考えれば、まともにデートが成立するかも怪しい……いや別に、今日のこれはデートというわけではないけど。

ぼーっと考えている間に、乗り込んだ電車は目的地に到着していた。柚月との待ち合わせ場所は、駅を出てすぐの広場。出掛けに妹に絡《から》まれた割には、早すぎず遅すぎず、ちょうどいい時間に着けたと思う。

柚月は、もう来ているんだろうか。いざとなると、やっぱりちょっと緊張してくるような、そうでもないような。

誤魔化すように、恭二は軽く辺りを見回し——すぐに見付ける。

広場中央のベンチ。柚月はそこに腰掛けて、静かに本を読んでいた。

私服姿の彼女は、普段の制服よりもぐっと大人びて見え、ただ座っているだけなのに人目を引いていた。一瞬、よく似た別人かと思ってしまったほど。周りの注目が集まっているのもあって、恭二はつかの間、声を掛けるのを躊躇《ためら》う。

そのうちに、柚月のほうがこちらに気付いた。視線が合い、その顔が微笑《ほほえ》む。これまた優雅に。

気後れしていると思われるのも癪《しゃく》で、恭二はなんでもない風を意識して、ベンチに近付いていく。

「こんにちは、真山《まやま》くん。時間通りですね」

「そう……ですね。すみません、待たせました？」

「いいえ。私もいま来たところですから。……さ。では、行きましょうか」

読んでいた本をカバンにしまい、柚月が立ち上がる。

――が、そこで違和感に気付いた。柚月の背が、普段より、明らかに高くなっている。

「……なんか急に背が伸びてません？」

「き、気のせいでは……？」

よく見たら、おかしいのは背丈だけではなくて、なんか全体的にプルプル、カクカクしている。

その足下を、恭二は見下ろしてみた。柚月の履いている靴。遠目で見たときは気付かなかったけれど、踵《かかと》が異様に高く、そして細い。

見るからに歩きづらそうで、そして見るからに、柚月はこの手の靴を履き慣れていなそうだった。スカートから伸びる足はひっきりなしに震えて、たとえるなら生まれたての子鹿、さもなくばおじいちゃん。『私はオトナですから！』と、そう言い張って、履けもしない靴を買ってくる柚月の姿が、リアルに想像できてしまう。

「いつも思うんですけど、先輩は何と戦っているんですか？」

「ま、真山くんが何を言いたいのか、私にはさっぱり、わ、わか、わかりませんね……！そ、それより、早くしないと、映画が始まってしまいますよ！」

相変わらずカクカクプルプルしながら、柚月は無謀にも歩き出した。おっかなびっくり、一歩一歩、しかし首から上だけは涼しげに。

幸い、映画館は目と鼻の先だ。中に入ってしまえば後は座っているだけだし、大事にはならないだろう

――。

とか思った途端、柚月の体が『ガク！』と傾く。

「おう⁉」と声が出そうになる恭二の目の前、柚月はすぐ横の街路樹に『わし！』と抱きついた。

「……い、いいですか、真山くん。今のは、断じて、転びそうになったわけではありませ

んよ。ちょ、ちょっと、この幹が、あまりにもその、いい具合で。その、バックドロップの練習にちょうど良《い》いなと」

「は、はぁ……」

確かに、腰を落とし、低い位置で木の幹をホールドする姿は、樹木に技を仕掛けようとしているように見えなくもない。見えなくもないが、そう見えたからなんだという話で。

「……立てますか？」

「あ、当たり前です！　私は別に転んだわけではありませんから！」

「…………良かったら手を」

「ひ、一人で大丈夫でしゅ……！」

と、柚月は言うのだが、その腕はがっちり街路樹に回されたまま。こっちに向かって突き出された尻がぷるぷる震えるばかりである。

恭二は天を仰いだ。ガリガリと後頭部を掻《か》き、己の羞恥心と、この状態の柚月を放置する心苦しさを天秤《てんびん》に掛けて。

「……すみません、先輩。嫌だったらぶっ叩《たた》いてくれていいんで」

「へ……？」

柚月がそれ以上何か言う前に。その背に覆い被《かぶ》さるようにして、細い腰に腕を回す。

あとはもう勢い、そのままグイッと抱え起こした。

そんなに腕力に自信があるほうじゃないから、ちょっと不安だったのだが。結論からいえば何の心配もなかった。恭二の貧弱な筋肉でも事足りるぐらい、柚月の体は華奢《きゃしゃ》で、軽かったから。そのくせ、痩せぎすなのとは全然違って。柔らかな感触に、息が上手《うま》くできなくなる。

「よっと……。すみません、勝手に——先輩?」

恭二の腕の中。子供のように抱えられて、柚月はすっかり石化していた。手足は不自然なほど直線に伸びきり、それでいて全く力が入っていない。腕を離したら、そのまま『ドシャ!』と地べたに落ちそうで、恭二は内心、結構焦《あせ》る。

「いや、あの? せ、先輩? できればあの、自分で立ってほしいんですが……?」

「……にゃう!?」

ビョン、と柚月の体が跳ねる。どうやら意識が戻ったらしい。ヒールを履いた足がしっかと地球を踏みしめたのを確かめて、そーっと腕を離す。相変わらずのかくかくぷるぷる具合ではあったけれど、柚月はどうにか自力で立った。

ただし、顔真っ赤にしたその様子は、『大丈夫そう』とはとても言いがたかったけれども。

「えっと、すみません……でも、あの、できるだけ触らないようにしたんで」

頭を下げるけれども、柚月は無言。彫像のように固まったまま、目を回すばかりだ。

しかも、不安定すぎる足下は、その状態でまた転びそうになるのだった。気まずい空気も忘れ、恭二はとっさに、柚月の手を握る。

そこでようやく、柚月が再起動。握られた自分の手と、恭二の顔を交互に見やって、口をパクパクさせる。

「……え？　え⁉」

「映画館、着くまででいいんで。行きましょう。上映時間過ぎますよ」

何か聞かれる前に、そう言い切る。実際、時間が差し迫っていたのは確かだし、こんな状態の柚月を一人で歩かせられない。決して、変な意図はないのだ。

……握った手の、滑らかな感触。それに、緊張しないかと言えば、嘘《うそ》になったけれど。

無言の柚月を促す意味で、軽く、繋《つな》いだ手を揺らす。気持ち的にはさっさと歩き出したいが、下手に手を引っ張れば、柚月が今度こそぶっ倒れかねない。

ぶしゅぶしゅと湯気を噴きながら、沸騰する頭の中でどんな思考を巡らせたものか。柚月はこっくり頷くと、再び歩き出した。握り締める恭二の手を、振りほどこうとはせずに。

どうにも色気とはほど遠いまま、二人で過ごす、初めての休日が幕を開けた。

――一方その頃、柚月の頭の中はといえば。

（てーてててっ、てってって、てー！）

しっかりと握られた手。大きくて硬い、自分の手とは明らかに違うその感触に、目の奥で星が散る。

こんなはずではなかった――ということも、実はない。

むしろ、こんなつもりは大いにあった。

だって、今日のこれはデートなのだ……いや、柚月にはちっともそんなつもりはないけれど。

でも、恭二はきっと、『初めてのデートだ』とかソワソワして、着てくる服にも気を遣ったり、昨夜は緊張で眠れなくなったりとかしたことだろう。そうだったらとても嬉《うれ》しい――。

(違う!!)

じゃなくて幸せ……。

(でもない!!)

とにかく、きっと絶対そうに違いないのだ。

なら自分がやることは決まっている。緊張でまともに歩けない恭二の横に、しれっと自然体、慣れた様子で並んでやって、その手を握るのだ。にっこりと微笑んで。動揺なんて少しもなく。『このくらい、普通でしょう?』なんて言ってみせて。さりげなく、彼の体調にも気を遣っちゃったりして。

(なのになのになのにーのーにー!!)

手と足が同時に出そうになる。心臓が耳元で鼓動しているかのよう。まだ春だというのに、自分の周りだけが真夏になったみたいに全身熱い。

何より不服なのは、横を歩く恭二がさっぱり照れた様子もなく、平然とした顔をしていることだった。『私はこんなにドキドキしてるのに!?』と、柚月は地団駄踏みそうになる。

……実のところ、恭二は柚月の足取りが危なっかしすぎて照れるどころではないだけだが、柚月が知るはずもない。

（うにぃぁぁぁ……!!　なんでなんで、どーおーしーてー！　こんなはずじゃないのにー!!）

それに……なんだか、体が妙にふらつくのだった。それは靴のせいばかりではなくて、寝不足によるものだとはっきりわかる。体調が悪いというのではなく、とにかく眠い。気を抜いたら、立ったまま寝てしまいそうだ。

（だめだめだめ……！　自分から誘っておいて寝るなんて最低じゃない……！　オトナの女のすることじゃない……！）

何故《なぜ》よりにもよって映画に誘ってしまったのかと後悔する——いや、何故かと言われれば、恭二をあまり歩き回らせたくなかったからだが——けれど、こうなったら乗り切るしかない。

まだまだ握られっぱなしの手と、容赦なく襲い来る眠気と。あらゆることにテンパりながら、決意だけは勇ましく、映画館へと足を踏み入れた。

◆◆◆

日曜というだけあって、館内はそれなりに混雑していた。人とすれ違うたび、右に左にふらふら揺れる柚月にヒヤヒヤさせられつつ、なんとか無事に着席。

しかし……。

「何見るのかと思ってたら、恋愛ものなんですね」

しかもご丁寧に、『R15』とかいう但し書きがついている。つまり、それっぽいシーンのある映画ということだ。

黙ってチケットを見つめていると、横の柚月が『ふっ』と笑う気配がする。

「あら？　もしかして、こういうのは苦手でしたか？　あーらー、それはごめんなさい。先に確認しておけば良かったですね。どうしましょう？　真山くんがどうしても恥ずかしくて無理だということなら、今からでも出ましょうか？　ええ、いいんですよ。無理しなくても」

「いえ、お気遣いなく。全然気にしないんで。むしろいい社会勉強になりますし？」

……というか、呑気《のんき》に煽《あお》ってくるけれど、柚月は平気なんだろうか。普段の彼女を思い返す限り、大丈夫な気が全くしないのだが。

しかし、それを指摘する前に、映画が始まってしまう。

（まあ、ホラーみたいにグロシーンあるわけでもないだろうし……最悪、目閉じてれば平

気か）

もし隣で柚月が顔を覆っていても、気付かなかったふりをしてやろう。そのぐらいの情けは恭二にだってある。

映画のあらすじはシンプルだ。男と女が出会い、なんやかんやあって、どうにかなる。

……いや、宣伝ポスターにはもうちょっと色々書いてあったのだが。しかしどうにも、話が入ってこない。

なぜって。

暗転が終わるなり寝室のシーンが始まって、恭二は少し、いやだいぶ、動揺しないこともない。

（……いきなりかよ）

だが、ここで狼狽《うろた》えようものなら、隣の柚月に後で何を言われるか。

だから恭二は意地にかけて、顔面の筋肉に力を込める。もう今後一切、何が起ころうと表情は動かすまいと固く心に誓って。

——次の瞬間、ぽすん、と。肩に重みを感じた。

柚月が。肩に、もたれかかってきている。

（…………は⁉）

誓いはあっさり無に帰して、恭二は飛び上がる勢いで動転。

よく耳を澄ませば、柚月は「すかー……」とか「すぴょー」とか、間抜けな寝息を零《こぼ》していた。まだ始まって十分も経《た》っていないのに、早速寝落ちしたらしい。

でも恭二には、その即オチっぷりを呆《あき》れている余裕もない。

だって。肩が。シャンプーの香りが。ものすごく近くて。

「ちょっ……先輩！　先輩ってば！」

小声で話しかけるが、柚月はそんなもの聞こえませんとばかりに寝こけたまま。かといって、周りのお客さんの迷惑を考えると、大声で起こすわけにもいかない。

猛烈に顔が熱くなっていくのを感じながら、上映時間を必死に思い出そうとする。確か一時間とかそこら、だった気が。

（ま、まさか、それまでこのまま⁉）

最早《もはや》とっくに、映画どころではなかった。

◆◆◆

「ごめんなさい……」

「いや、まあ……俺は気にしてないんで」

「つ、つまらなかったわけじゃなくて……。あの、昨夜ちょっと色々あって、寝るのが遅くなって……だから……」

「そういうこともありますよ」

映画館からほど近い、ファストフードショップ。イートインのカウンターに並んで座り、恭二は柚月の懺悔《ざんげ》を聞く。

結局、一時間ちょっとの上映中、柚月はずっと眠りこけていた。ずっと寄りかかられていたせいで、肩口辺りが涎《よだれ》でしっとりと湿っている。

「ふ、服！　弁償するから！　せめて洗って返すから！」

「いいですよ。本当、そんな気にしなくて……」

「そ、そういうわけには……！　そ、そうだ！　なら、この後、どこかに行きましょう！　お詫《わ》びにご馳走《ちそう》するから！」

「あ、ちょっ……！　急に立つと危な――」

そんな不安定な靴で、と、言いかけた言葉は既に遅かった。

とっさに目を向けた柚月の足下。恭二の目の前で、その足首が『ぐきゃっ！』と無残に曲がる。

「きゃっ……⁉」

手をつく暇もなかったらしい。柚月は『べちゃあ！』と、顔から床にダイブした。

「うわっ……！　ちょっと、大丈夫ですか⁉」

「う……うぅ……！」

慌てて、その肩に手を添える。

のろのろと顔を起こした柚月は、痛みというより、恥ずかしさを堪《こら》える表情をしていた。

実際、派手に転んだものだから、店内にいた人の注目が集まっている。見かねた店員が一人、こっちに駆け寄ってくるのが見えた。

「あの！　大丈夫ですか、お怪我《けが》は……」

声を掛けられて、びくっと柚月の体が揺れる。逃げるように俯《うつむ》いた顔。その唇がぐっと噛《か》み締められるのが見えた。

「へ、平気です……！」

店員に顔を向けないまま、柚月は立ち上がった。そして、そのまま店を飛び出していってしまう。

「ちょ、ちょっと！　先輩！」

慌てて、恭二も後を追う。

火事場の馬鹿力という奴《やつ》だろうか。さっきまで足下も覚束《おぼつか》ない有様だったのに、駆けていく柚月の足は普通に速い。

だから余計、また転びやしないかと不安で、恭二も必死に駆け寄る。

「待ってくださいって！　走ったらまた転びますよ！」

「ほっといてください！　というか、追いかけてこないでー！」

「そうもいかないでしょ！」

さすがに、その靴でいつまでも走り続けるのは無理だったようで、柚月の速度はすぐに鈍った。

その隙に追いついて、とっさに羽交い締めにする。腕を摑《つか》んだら転ばせてしまいそうな気がしたのだ。

「ちょ、ちょっとやだ！　何、これ⁉　止めるんならせめて普通に止めてよー！」

恭二に脇を抱え上げられた格好のまま、柚月はジタバタと暴れた。

恭二も『そりゃそうだ』と思いつつ、柚月を下ろそうとして、

「っ……」

くらり。視界が、極彩色に染まる。

自力で体を支えていられなくなって、とっさに、柚月を抱えていた腕は、そのまま彼女に縋《すが》り付いていた。「真山くん⁉」と、柚月の声が遠く聞こえる。

「真山くん⁉　だ、大丈夫ですか⁉　ごめんなさい、私が走らせたから……！　び、病院！　いえ、救急車を！」

「いえ……ちょっと、くらっときただけなんで……。もう、大丈夫です……」

それは強がりではなく、意識が遠のいたのは本当に一瞬だった。柚月に寄りかかるようだった体を起こして、平衡感覚が元に戻っているのを確かめる。大丈夫。もう、自分の足で、ちゃんと立てる。

「俺のことは、本当、平気なんで……それより、先輩は足、大丈夫ですか？　結構ヤバい捻《ひね》り方してましたけど……」

「だ、大丈夫。私なら、全然……」

ほら、と柚月が軽く足首を捻る。見たところ、腫れたりもしていないようだ。「ならいいです」と、恭二はひとまず安堵《あんど》。

柚月はもう逃げようとはしなかった。ぐっと噛み締めた唇に浮かぶのは、罪悪感と、自己嫌悪《けんお》。

伏せられたその顔を覗《のぞ》き込んで――ギョッとした。

「ちょっ……!? な、何も泣くこと……！」

「ないでませんっ‼」

噛み付くように叫んで、柚月が洟を啜《すす》る。それから、涙を堪えるように、「うー……！」と顔をくしゃくしゃにした。

いつでも穏やかで、余裕に満ちて。完全無欠の優等生だと噂《うわさ》されていた姿は、もう見る影もない。……いや、そんなもんはもうとっくに失われていたとも言うが。

それに。最早恭二にとっては、こっちの柚月のほうがすっかりお馴染《なじ》みになってしまった。ある種の安心感すら覚えてしまうくらい。

「……とりあえず、ここじゃ目立ちますし。どっか座れるとこ、探しましょう」

ここは駅前の通りだ。行き交う人も多い。中にはチラチラと恭二達に視線を寄越《よこ》してくる者もいて、恭二は柚月を隠すよう、さりげなく位置を変える。

そっと柚月の腕を引けば、彼女は大人しくついてきた。大通りを逸《そ》れてしばらく歩くと、住宅地の中に小さな公園を見付ける。

遊具もなく、申し訳程度に置かれたベンチは所々ペンキが剝げていた。一応、汚れていないかだけ確かめて、柚月と二人、そこに腰を下ろす。

「……ティッシュ、使います？」

「じ、自分のが、ありますから……」

ごそごそ、と柚月の手がカバンの中を探る。……そして止まる。

ものも言わずに固まるその横顔を見て、『あー』と、恭二は状況を理解。

「……使ってください」

黙り込む柚月の手に、強引にティッシュをねじ込んだ。柚月は無様すぎる現実を受け入れかねて凍り付いていたけれど、しばらくして、「ありがとう……」と小さな声が聞こえる。

変に慰めるのも違う気がして、柚月が落ち着くまで、しばらく黙っていた。時折、ぐず、ずび、と柚月が鼻を鳴らすのが聞こえる。

柚月が口を開いたのは、その洟を啜る音が聞こえなくなって、しばらくしてから。

「あの……ティッシュ、ありがとう……」

「いいっすよ。ただのポケットティッシュですし」

「使った分、返すから……」

「いいですって」

「い、いいから！　とにかく返しますから！　だって……！」

……何を言いかけたのかは、大体想像がつく気がした。

『大人だから』。だから、ちゃんとするんだって、できるんだって、きっと、そういうこと。

でも、それが言葉になることはなくて。

代わりに。

「……こんなはずじゃなかったのに」

ぽつりと零れた声は小さくて。吹けば飛ぶような、本当に頼りなく、言ってしまえば情けなくもあり。

でも、だからこそ、本音なんだろうと思った。

「……じゃあ、どうなるはずだったんですか」

別に、茶化すつもりはなかった。

ただ、知っておきたいと思ったのだ。彼女が『こうしたい』と思い描いて、けれど叶《かな》わなかったこと。

それが少しでも救いになればとか、そんな大それたことは思わないけれど。

でも、このまま、誰にも知られずにそれが消えてしまうのは、嫌だと思った。

その気持ちが、伝わったのかどうかはわからない。

けれど柚月は、恭二の問いに答えてくれた。

「……まずね、私が待ち合わせ場所に行くと、道行く人が『あの美人は誰だろう⁉』ってざわつくの。私はオトナだから、そんなことで浮かれたりはしないんだけど、ちょーっとだけいい気分になって真山くんを待つわけ」

「……はぁ」

いきなりツッコミ入れたい衝動に駆られたが、ぐっと堪える。

「そうすると真山くんがノコノコとやってくるのよ。で、注目を集める私の姿を見て気後れしちゃうの。『俺はこれからこんな美人とデートするのか……』って。でも、私はそんな真山くんに気がついて、『仕方ないですね』って微笑《ほほえ》んであげるの。オトナの余裕でね」

いつの間にか、柚月のしゃべり方は、普段の敬語から変わっていた。本人も、意識していないのかもしれない。

柚月によれば。その後は二人で映画を見て、ラブシーンに照れた恭二をからかう予定だったらしい。それが済んだら、おしゃれなカフェで軽くお茶。

恭二に話しかけるというよりも、一人楽しく夢を膨らませるみたいに。横顔に得意げな笑みを浮かべて、柚月の話は続く。

それを見ていたら、ふと。

「……やっぱり、先輩はそういう顔してるほうがいいですよ」

話の腰を折るつもりはなかったのだが、気付いたら、声が出てしまっていた。「え？」と柚月がこっちを見て、恭二は少し慌てる。

「いや、その……なんでもないです。そ、それより、どうします。これから」

予定では、映画を見たらそのまま解散の流れだったのだが。多分、このままでは柚月の収まりもつかないだろうと思う。

案の定、柚月は「決まっています！」と息巻いた。

「ちょ、ちょっと色々、予定とはズレましたが……私の本気はこんなものではないんですから！　これからです！　挽回《ばんかい》します！　あ、でも……！　もちろん、真山くんの体調が悪いようなら、無理にとは……！」

「俺は大丈夫ですけど……とりあえず、この先も歩き回るなら、靴だけでもどうにかしません？」

別に身長を盛りたければ好きにすればいいと思うが、また転んだりしたら、今度こそ怪《け》我《が》をするかもしれない。

だが、恭二の提案に、柚月はわかりやすく難色を示した。

「い、いいえ！　もう大丈夫です！　ヒ、ヒールの高い靴は久しぶりでしたから、ちょーっとだけ歩きにくかったりもしましたが、ようやく勘を取り戻してきました！」

「先輩。俺も先輩の意思を尊重してあげたいのは山々ですけど、怪我はマズいですって。やめましょう」

「……い、嫌！」

頑《かたく》なな声音にはどこか、ただの意地ではない何かが感じられた。

恭二が黙り込むと、柚月は迷うように視線を揺らし、俯《うつむ》く。

「……憧れだったの。子供の頃から」

一瞬、なんのことかわからなかったけれど、柚月の視線が足下を向いているのに気付いて、尋ねる。

「こういう靴が、ですか」

こくん、と柚月は控えめに頷《うなず》いた。

そこから先を続けるかどうか、迷うような間を経て。

「……お姉ちゃんが。昔、持ってたの。こういう、踵《かかと》の高い靴を」

「先輩、お姉さんがいるんですか」

うん、と。幼い子供に戻ったように、柚月が頷いた。口元に、儚《はかな》い微笑が淡く浮かぶ。もしかしたら、思い出していたのかもしれない。無邪気に『大人』に憧れていた、遠い昔の日を。

「その靴はお姉ちゃんのお気に入りで、特別なお出かけの日にだけ履くんだって言ってた。今でも覚えてる。真っ白で、足首にストラップがついててね。留め具のところに、ラインストーンの飾りがついてるの。キラキラして、宝石みたいで……あの頃の私は、本当に宝石だと思ってた。絵本に出てくるお姫様の靴みたいで、とっても素敵で……お姉ちゃんに、すごく似合ってた」

ほしかったなぁ、と。漏れて空気に溶ける言葉は、ため息にも似ている。

不意に。恭二は、自分が子供だった頃のことを思い出していた。

スーツを着て、仕事に出掛ける父親。毎日締めているネクタイがなんだか無性にカッコ良く見えて、羨ましくて、結んでみたいとせがんだことがあった。今となっては理解しがたい感性である。

でも多分、そういうものなのだろう。子供の目線から見る、『大人』というものは。『大人』が持っている、身につけているというだけで、それがものすごく素晴らしいものに見える。自分も同じものがほしくて、真似《まね》をしたくて堪《たま》らなくなる。

そして言われるのだ、『子供は触っちゃだめだよ』と。

「同じのがほしくて、お母さん達にお願いしたんだけどね。『子供にはまだ早い』、『危ないから』って……だから、大きくなったら、絶対に買うって決めてたの。私もお姉ちゃんみたいに、特別なお出かけの日に履こうって、ずっと、決めてて……夢で」

言葉は徐々に小さくなり、やがて消えて行ってしまう。しばらく待ってみたけれど、柚月はそれ以上、口にするつもりはないみたいだった。

ただ、てこでも動かないというように、じっと体を硬くしている。

だから恭二は何も尋ねられない。柚月が言った、『特別なお出かけの日に』という言葉の真意を。その靴を、今日この日に履いて、恭二の前に現れた理由を。


今の恭二にわかるのは、目の前で項垂《うなだ》れる柚月の姿だけ。

このままではまともに歩けないことも、自分が子供じみたわがままを言っていることも──そんなつまらない憧れはさっさと諦めて、恭二の言うとおりにしたほうがいいということも。全部わかっていていて、それでも『子供』の自分が捨てられずに黙り込むしかできない、一つ年上の先輩の。

「……じゃあ、こうしましょう」

立ち上がって、座り込む柚月の正面に回る。

「え？」と顔を上げる彼女の前に。誤魔化すような咳払《せきばら》いと共に、自身の腕を差し出した。

「……あの。これは？」

「……腕、つかまってていいですよ。それなら、まあ……転びはしないでしょうし」

「――――え⁉　う、腕って、ま、真山くんの腕に……⁉」

ぼふっ、と柚月の顔が火照《ほて》る。彼女の赤い顔なんてもう数え切れないほど見てきたけれど、今日のこれはなんというか……ひときわ強烈だ。人間の顔ってこんなに赤くなれるのか、なんて、妙な感慨を抱いてしまう。

「い、いいです！　だ、だって、そんな、恋人同士みたいな……！」

「けど、また転ぶよりマシでしょ」

俺だって恥ずかしいんですよ――そう言いかけて、柚月の顔に、照れ以外のものが浮かんでいることに気がつく。

それが何かは、すぐに思い当たった。

「……体調なら、問題ないですから」

「でも……」

「俺だって。初めてのデートでは、男らしく、ちゃんとエスコートしたいんですよ。……今までは、ずっと、止められてばっかりだったんで」

——言外に込めた気持ちは、伝わったんだろうか。ハッと息をのむ声と共に、こちらを見上げる柚月の目に、今までと違う色が浮かんだ。

「先輩が、『歩ける』って言うんなら、俺は信じますし、付き合います。だから……先輩も、信じてください」

さっき、柚月の話を聞いたとき。思ったのだ、自分達は同じだと。

『無理しなくていいからね』

『危ないから、私達に任せて』

子供の頃、今よりもっと体が思うに任せなかった頃。周りの大人は恭二を心配して、色んな『無理』から恭二を遠ざけた。

大丈夫だよ、頑張れるよ——だから、できるって信じてよ、って。そんな思いはずっと、口に出せないまま。

だって、恭二自身も知っていた。わかっていた。自分には、無理だって。

だから。今、目の前にいる先輩の姿が、恭二には、かつての自分に重なるのだ。

だったら恭二は。柚月の『夢』を、叶《かな》えてやりたい。

「……それとも、なんですか？　先輩は大人のくせに、男と腕組んで歩くのは恥ずかしいんですか？」

「そんにゃわけないでしょう‼」

煽《あお》りの効果は絶大で、柚月は『ガシッ！』と恭二の腕を摑《つか》んできた。

抱きつくようにしっかりと腕を絡《から》められ、彼女の存在をじかに感じる。

……自分から言い出しておいてなんだけれども。これは、思っていたよりも。

「……顔が赤いですよ、真山くん」

ぶら下がるようにして恭二の腕にしがみつきながら、柚月がそんなことを言う。ぴくぴ

く、と不器用に引きつる頬は、笑ってやろうとしたのだろうか。

でも、そう言う柚月の顔だって、十分すぎるほどに赤いのだ。いつものドヤった笑みも浮かべられずに、彼女は眉を八の字にしている。恭二の腕を抱きかかえるように、ぴとっと身を寄せたまま。

「……とりあえず、行きましょうか。……歩けます？」

「あ、当たり前です！　私はオトナなんですから！　このぐらい、楽勝です！」

見え見えの嘘《うそ》を信じたわけではなかったけれど、このまま立ち止まっていても仕方がないから、恭二は歩き出した。できるだけゆっくり。横にいる柚月がバランスを崩したりしないよう、彼女と歩調を合わせて。

強がってはいるけれど、やっぱり足下が覚束ないのだろう。歩くほどに、しがみつく柚月の力が強くなる。ぎゅっと体を押し付けるみたいに力を込められて、もうこんなの、ほとんど抱き合ってるのと同じなんじゃないだろうか。

「えっと……それじゃ、どこ行きます？」

「ど、どこでも……真山くんのリクエストに、お応えします」

一歩、一歩。確かめるみたいにして、駅への道を戻っていく。そんな自分達は、やっぱり、すれ違う人の視線を時折集めていて。

一体どういう関係に見えているんだろう、なんて。そんなことは、多分、考えるまでもないのだった。

否応《いやおう》なしに、顔が火照る。横にいる柚月の存在を意識する。……彼女は今、何を考えているんだろうって。そんなことが、気になって気になって仕方がない。

目の奥が回るような感覚を覚えながらも、足は自然と、映画館のあった駅ビルに向かっていた。

雑貨屋だとか、服屋とか、化粧品店とか。様々なショップの建ち並ぶ区画を抜けて、向かったのは、落ち着いた雰囲気のカフェ。デートの終わりは、カフェで優雅にお茶を。そう語る柚月の声を、思い出しながら。

柚月は、何も聞かなかった。ただ、一瞬だけ恭二の顔を見て、掛ける言葉に迷ったみたいに目を泳がせただけ。

結局、どちらからも『入ります？』とは言い出せず、しかし、店員さんは普通に客だと思ったらしい。「お席空いてますよー」と言われてしまい、促されるまま奥の席に納まった。

「えっと、注文……ま、真山くんは、何を？」

「ええと、俺はコーヒーで……」

「あ、じゃあ私も……」

『え!?』と、恭二は直前までの照れくささも忘れて目を剝《む》いた。缶コーヒーを飲むことができず、涙目で震えていた柚月の姿は、まだまだ記憶に新しい。

しかし、恭二にツッコミ入れる隙を与えず、柚月は店員を呼んでさっさと注文を済ませてしまう。

「……大丈夫ですか？」

「な、なんですか！　その不信感で一杯の目は!?　わ、私は、日々成長しているんです！　コーヒーだって、あれから毎日特訓したんですから！　もうバッチリです！　完璧に飲めます！」

「そ、そうですか……。まあ、確かに、ブラックだけがコーヒーじゃないですし。砂糖やミルクをいくら入れようが、飲めることに変わりはないですもんね」

図星だったようで、柚月は無言のまま、ヒールの踵《かかと》で恭二を蹴ってきた。げしげしと、癇癪《かんしゃく》起こした子供のように、凶器と化した両足がテーブルの下で暴れる。

でも、恭二は見ていた。むくれたように眉をつり上げる柚月の顔。その口元が、小さく綻んでいたことに。

ちなみに柚月は、注文したコーヒーをちゃんと一人で飲みきっていた。溶けきらないほどの砂糖を投入し、恭二の分のミルクまで奪って、ではあったけれども。

◆◆◆

『送っていきます』と告げた恭二に対し、柚月はもう、「大丈夫です」とは言わなかった。

そこそこの乗客で混雑する、帰りの電車。席は空いておらず、恭二は柚月を支えながら、人と人との狭間《はざま》に納まる。運悪く、つり革も持ち手も摑めない位置で、柚月を支える腕はまだ組んだまま。

「あ。先輩、席空きましたよ。……先輩？　早く座らないと――」

「い、いえ……」

きゅ、と。柚月の手が、恭二の服の胸元を摑む。

「こ……このまま、で。いい、ので」

「そ……そう、ですか……？」

「はい……あ、いえ！　真山くんこそ、座ったほうがいいんじゃ……！　体調は、あれからどうですか？」

「俺なら大丈夫ですって」

「でも……」

「大丈夫です。……信じてくださいよ」

なんとなく、視線は合わせられずに。意味もなくドア上の広告を見上げて、言う。

柚月は頷《うなず》いてくれて。でも、空席にはもう、さっさと他の乗客が座ってしまっていた。

それからも。何度か席が空く場面はあったものの、柚月は、動こうとはしなかった。電車の中、腕を組む二人は随分目立ってしまっていたけれど、柚月は顔を真っ赤にしながらも、恭二の腕を放そうとはしない。恭二から、離れない。

その理由を考える時間もなく、乗り込んだ電車は目的の駅につく。

驚いたことに、教えられた最寄り駅は、普段恭二が登下校で使う駅だった。すなわち、学校の近所。柚月によれば、彼女の住むマンションは、学校から目と鼻の先だという。

「えっと……あれだ。親御さん、うちにいます？　迎えとか頼んだほうが」

「いえ、その。私、一人暮らしなので」

「え？　マジですか？」

「そ、そうですよ？　入学してからずっと続けているんですから。家事だって一人でできるんです！」

ふふん、と。柚月の得意げな顔を、随分久しぶりに見るような気がした。

そういえば、以前にお弁当を食べさせてもらったことを思い出す。『実はお惣菜《そうざい》で……』なんてオチがないのなら、当人の言うとおり、本当に家事はある程度できているのだろう。

……オチがないのなら、だけれど。

「いや、それは素直にすごいです。ちゃんと大人なところもあるんですね、先輩」

「全然褒めてないじゃないですか！　どうして真山くんはいつもそういうことを……！　き、今日はちょっと、カッコイイかなと思ってたのに――にゃっ⁉」

怒って恭二の腕を放した拍子に、柚月はまたしてもバランスを崩した。恭二が手を伸ばすも一歩間に合わず、その場に尻餅。

「うわ。大丈夫ですか……？」

「だ、大丈夫、です……」

涙目の柚月に、手を差し出しつつ。

「迎えがだめなら、俺が家まで送っていきますよ。男を家に上げるの嫌かもしれませんけど……せめてマンションの玄関まで」

断られてもついていく、という意志を込め、言う。

柚月は返事こそしなかったけれど、やがて、小さく頷いて。


「……あれ？　柚月？」


『え？』と顔を上げたのは、二人同時。

振り向いた柚月の視線は、近くのコンビニの駐車場に向いた。恭二もそれを追い、停《と》まっている車に気付く。その傍《かたわ》らには、スーツを着た女性の姿。

不思議そうに恭二を見る顔はどことなく、柚月に似ていて。今日、聞いたばかりの話を思い出す。柚月には、姉がいるのだと。

「お、お姉ちゃん……！」

「やっぱり柚月じゃない。何、どうしたの？　大丈夫？」

『姉』と呼ばれたその人が、慌てたように柚月に駆け寄ってきて——その目はごく自然に、横にいる恭二へ。

一瞬、警戒するように視線を向けられ、恭二は身を硬くした。察した柚月が、慌てた様子で口を開く。

「あ……！　あの、この子は学校の後輩で！　今日は、ちょっと、付き合ってもらって……私が勝手に転んだだけだから！」

説明は要領を得ないものだったが、そこは身内というべきか。柚月の履いている靴を見て、お姉さんは事情を察したようだった。

もう一度恭二の顔を見て、何かを確かめるように首肯。『あー』と、その顔に苦笑が浮かぶ。

「なるほど……なんだ、そういうこと。びっくりしちゃった。女の子の悲鳴が聞こえたと思ったら、妹が道ばたにへたり込んでるんだもの」

『立てる？』と、姉は当然のように、妹に手を差し伸べた。それを見て、恭二は自分の手を引っ込める――柚月に向かって差し出しかけていた手を、気持ち、慌てて。柚月はそんな恭二を見、それから姉を見て、目の前にある姉の手を握り返した。俯《うつむ》いてしまったその顔は、零《こぼ》れた髪の陰に隠れて、見えない。

「でも、お姉ちゃん、なんでここに……来るのは来週って言ったじゃない」

「そりゃだって、事前に予告するばっかりじゃ『テスト』になんないし。たまには抜き打ちも必要でしょ」

「わ、私はちゃんとできてるもん……！　去年もそうだったでしょ⁉」

「それを確かめに来たんだってば」

恭二の目の前で、姉妹は何やら気になるやり取りを繰り広げる。しかし、まさか『テストってなんですか？』なんて尋ねられもしない。

（というか、俺はここにいていいのか……？）

微妙さを持て余していると、柚月の姉が不意にこっちを振り返った。もう警戒する素振りはない……どころか、むしろ親しげではあるものの。驚くほど躊躇《ちゅうちょ》なく、その目は真《ま》っ直《す》ぐに、恭二と視線を合わせてくる。思わず、緊張で背筋が伸びた。

「君も、ごめんね。なんかいきなり割って入っちゃって。雰囲気的に、柚月の知り合いっぽいなーとは思ったんだけど、今はほら。色々とあるし」

「いえ……気にしてないです。ウチにも、妹いるんで」

仮に恭二が彼女の立場でも、やっぱり割って入ったと思う。別に恭二は決してシスコンじゃないが、妹が男と歩いていたら、兄や姉は普通動揺するものだ。それがノーマルな反応だ。シスコンではない。

……と、そこで、柚月の姉がじっとこっちを見ているのに気付いた。

なんだ、と思った矢先。出し抜けに顔を覗《のぞ》き込まれて、「おわっ」と、思わず後ずさる。

「いや、なん……ですか」

「や、ごめんね。君がどういう子か知りたくなって。……うん。いい子みたいだし、良かった」

「いい子って……」

「女慣れしてなさそうってこと」

ニコ、とからかう笑みを向けられ、少し居心地が悪い。今ので少し、顔が赤くなっているのは自覚があった。姉としては、妹に変な男がつきまとっていないか確かめたかったのだと思うが……それにしたって、人との距離の詰め方が、こう、急というか。

「名乗っといたほうがいいかな。私、柚月の姉の葉月《はづき》。よろしくね」

「はあ……。あ、えと、俺は真山です」

「真山くんね。オッケー、覚えとく」

もう会うこともなさそうなのに——だって、普通はそうだ——葉月は当たり前みたいにそう言って、ニコ、と笑った。

「にしても……柚月。その靴、どうしたの？　歩けないでしょ、そんなんじゃ」

「そ、そんなこと……ないよ」

もごもご、と、柚月が拗《す》ねたように言う。わずかに俯いた顔は、叱られる子供を連想させた。

その目が、チラッと、恭二を見て。

何かを、請《こ》われている気がした。

だけど、恭二が口を開く前に。

「無茶だって、こんな高さ。足痛いでしょ？　ほら。無理しないで、送ってくから後ろ乗って。どうせ今から行くとこだったし」

柚月の返事を待たず、葉月は彼女を強引に、後部座席に座らせてしまった。手慣れた様子は、恭二が口を挟む暇もない。多分、こういうことはよくあるのだろう、と感じさせるやり取り。

「あっと、ごめんごめん。君のこと、ほったらかしちゃって」

棒立ちの恭二に気付いて、葉月が軽く笑う。あっさりした物言いは聞きようによっては嫌味なのに、こっちを見つめる笑みが人懐《ひとなつ》っこいから、嫌な感じはしない。

「柚月のこと、ここまで送ってくれたんでしょ？　ありがとね、本当に。この子一人じゃどうなってたか」

「いえ。そんな大したことじゃ……」

「私にとっては大したことよ。妹のことだもの。お礼にあなたのことも送ってくわ。乗って？　ここまで来させといて、『じゃあ後はこっちでやるから』、なんて失礼すぎるし」

「あ、いえ……俺、この後ちょっと寄るとこあるんで……」

「ん？　そう？　……まー、いきなり知らない女の車乗れって言われても困るわね、確かに。ごめんなさい、私が悪かったわ。今のは」

とっさに口にした嘘《うそ》は、多分バレていたと思う。

けれど、葉月は一切追及しなかった。恭二の遠慮——言い方を変えれば、拒絶——を察しているだろうに、気まずい空気を少しも感じさせない。さっきの謝り方といい、なんかこう、コミュ強者の雰囲気を感じる。

その時、車の窓越しに、柚月と目が合った。しかし、視線が合ったのに気付くと、柚月は逃げるように顔を俯かせてしまう。

そのまま、恭二に顔を見せないで、柚月は小さく言った。

「あの……今日は、送ってくれて、ありがとう」

「いえ。……本当、お礼言われるようなことじゃ、ないんで」

多分、そうじゃなかった。本当に言いたかったことは。でも、恭二自身、その正体がわからない。わからないまま、柚月を乗せた車は、走り去っていってしまう。「じゃ、またね！　真山くん」と、場違いに明るい葉月の声を残して。

ふと、自分の腕を見下ろす。つい先ほどまで、柚月が触れていたところ。でも今は、なんの感触もない。

無意識に、その部分を手のひらでなぞる。

でもやっぱり、そこにはぬくもりなんて、残ってはいないのだった。

正体不明のモヤモヤは、こんなにもはっきりと、胸にこびりついているというのに。

第五章
背を伸ばし、手を伸ばす

第十三話

——何事もなかったかのように休みは終わって、また平日がやってくる。学校に行って、授業を受けて、たまには保健室の世話になり。終われば帰ってくるだけの、代わり映えのしない日々。

あれから、柚月《ゆづき》とはたいした話もできていない。家に帰った後、柚月から『今日はありがとうございました』とメッセージが来て、それに、『こっちこそ』と、当たり障《さわ》りのない返事をして。それきり。保健室で顔を合わせることもないではないけれど、そういう時に限って先生がいたり他の生徒がいたりで、突っ込んだ話はできずじまいだ。

本当は、聞きたいことがあった。『あの時、本当に大丈夫でしたか』って。

それはつまり。車に乗せられて去って行く柚月が、恭二《きょうじ》の目には、大丈夫に見えなかったということで。

（あの人……先輩のお姉さん、つったっけ）

放課後。帰り支度をしながら、頭は性懲りもなく昨夜のことを思い返す。

特に何か、キツいことを言われたわけじゃない。柚月に対する態度も、普通に、妹を可《か》愛《わい》がっているように見えた。

けれど。

(なんか強引だった……とか思うのは、俺がひねくれてんのかな)

それはそれで、なんだか恥ずかしい。

まるで、柚月と二人の時間を邪魔されたことを、拗ねてでもいるみたいな――。

「――お。いた、いた。おーい、そこの少年ー！」

……校門に差し掛かった辺りで、道路のほうからそんな声が聞こえた。

つい昨日、聞いたばかりの声。

反射的に顔を上げると、思った通りの人物が、車の窓からこっちに手を振っていた。

「や。いきなりごめんね？　ここで待ってれば会えるかなー、と思って。……ちょっと話、いいかな？」

◆◆◆

「はい、メニュー。なんでも好きなもの、頼んでいいよ。お代はこっちで持つから」

付き合ってくれたお礼、と、葉月《はづき》はいたずらっぽく笑う。

学校からそう遠くはない、チェーンのコーヒーショップ。客の入りは悪くなく、ほどよいざわめきが話し声を上手《うま》くぼやかしてくれている。込み入った話をするにはもってこい、そんな雰囲気の店だ。

「私は……コーヒーにしようかな」

「じゃあ、俺も同じので」

「砂糖とミルクは?」

「なしでいいです」

「ん、了解。すみませーん」

店員を呼び止めて、葉月はコーヒーを二つ注文した。砂糖、ミルクはどちらもなし。

『先輩とは違うな』と、ぼんやり思う。


『あの子のことで、話……というか、相談があるんだ』

そう言われて、押し切られるままについてきたけれど。事ここに至って、良かったのだろうか、という思いが脳裏を掠《かす》める。柚月の知らないところでこの人に会うことに、少なからず後ろめたさのようなものがあった。

「……あー。ごめんね、『話がある』とか、意味深な言い方しちゃって。別に陰口聞かせようってわけじゃないんだ。そこは安心して」

顔に出ていたんだろうか。申し訳なさそうに、葉月がパタパタと手を振る。

「ついでに言えば、寝取る気とかもないし。妹の彼氏にちょっかい出すほど、性格悪くないよ」

「や、違います。そういうんじゃないです」

……危うく声が裏返りかけた。

「いやいや。そんな照れなくても」

「照れてません。あの、本当に違うので……そういう風に思われるの、先輩も迷惑だと思いますし」

「……そう?」

じーっと、身を乗り出すようにして、葉月が顔を覗《のぞ》き込んでくる。

よく変わる表情といい、ちょっとした仕草が妙に子供っぽい人だった。でも、無防備なのとは違う。自然体で、だからこそ隙がない感じ。

（……その点、先輩はガチガチに防御固めて自滅するタイプだよな）

重い鎧《よろい》を着込んだ結果、まともに歩けなくなっている姿が容易に想像できる。転んで起き上がれなくなり、亀のように手足をジタバタさせる図も。

「……そっかー。そういうんじゃないんだね。うん、オーケー」

恭二が考え込んでいる間に、向こうも何かしらの結論を出したらしい。うんうん、と何度か一人で頷《うなず》いて、葉月が姿勢を正す。折良くコーヒーが運ばれてきて、会話は一時中断。カップに口をつけながら、葉月は思案するようにちょっと首を捻《ひね》った。

「んー。そういうことなら早合点しちゃったかな。柚月の学校での様子とか、聞きたかったんだけど」

「……なんで、そんなことを俺に？」

柚月に直接尋ねるのではなく。

疑問は正しく伝わったのだと思う。葉月は興味を引かれたように、ちょっと恭二の顔を見て。もっと見て。さらに見て――。

「ちょっ……な、なんで身を乗り出してくるんですか⁉」

「あ。ごめんごめん。つい癖でね」

「ついって……」

あはは、と軽く手を振って笑い飛ばす葉月を、呆然《ぼうぜん》と見返す。

初めて会ったときといい、今日といい。一体どういう精神構造をしていたら、知り合って間もない男と、そんなに間近で見つめ合えるのだろう。……まあ、年下の高校生なんて、男のうちに入らないのかもしれないけれど。

「うーん、そうねぇ……。まあ、君にならも話しても大丈夫そうかな。あの感じだと」

恭二には理解できないことを、独り言のように。しかし、別段声を潜めるでもなく、葉月は言うのだった。恭二が不服そうに見つめても、にっこりと、あっさりと笑顔。簡単に受け流してしまう。

（……なんか）

悪い人では、きっとない。

でも、『この人苦手だ』、と、恭二はほんのり苦い気持ちに駆られる。この、圧倒的な強者感。自分はこんな風には振る舞えない、自分なんかでは絶対太刀打ちできないと思い知らされる感じが、恭二の中の、子供じみた負けん気をどうにも刺激するのだった。

そして、目の前のこの人は、多分恭二がそう思っていることも見透かしている。それがなおのこと居心地悪い。こんな言い方は、それこそガキそのものだけれど……子供扱いされている、と感じてしまう。

「君さ、柚月が一人暮らししてるのは聞いてる？」

「……一応」

「言っておくけど、家庭の事情が複雑とか、そういうことはないから安心していいよ。単純に、実家が高校から遠くて。柚月が自分から『一人暮らししたい』って言い出したの。私やお父さん達は反対したけどね、心配だし。でもあの子、聞いてくれなくて。最終的にはこっちが折れた感じ。ただし、条件付きでね」

「……じゃあ、前に言ってた『テスト』って、もしかして」

「そ。ちゃんと一人でも生活できてるか、家事に手一杯で学業が疎《おろそ》かになってないか。定期的に、私や両親が確認に来てるってわけ」

なるほど、と恭二は一つ、頷く。同時に、葉月が自分から何を聞き出したかったのかも理解する。

「俺は学校での先輩しか知りませんけど。少なくとも、学業を疎かに、ってことはないですよ。この前なんか、やたら難しい問題解いてみせて、教師からベタ褒めされてましたし」

「そっか。……相変わらず、優等生しちゃってるんだ。あの子」

その声は、惜しみない親しみと、優しさに満ちていて。

でも、恭二は違和感を覚えてしまった。葉月の語り口には、立派に勉学に勤《いそ》しんでいる妹を、誇らしく思う気配がなかったから。

伏せた目はむしろ……気遣わしげ。

考えてみれば。彼女は、柚月の家族なのだ。柚月が実はひどく子供じみた性格であることと、ちっとも完璧なんかじゃないことを、知っていたって不思議じゃない。なら、彼女が『完璧』を演じるために、無理を重ねていることもわかっているだろう。

「んー……。しっかりやってるなら……っていうか、できちゃってるなら、無理に『帰ってこい』とも言えないのよねぇ。どうしたもんかな」

「帰ってきてほしいんですか？　実家に」

「そりゃそうでしょ。心配だもの。……逆に聞くんだけど、君はどうなの？」

「……どう、と言うと」

「柚月のこと、心配じゃないのかってこと。女子高生の一人暮らしなんて、どう考えても危ないじゃない。ただでさえ、あの子……無茶ばっかりするし」

同意を求めるように、葉月の目が恭二の顔を見つめる。真《ま》っ直《す》ぐすぎる視線に負けて、恭二はちょっと顔を伏せつつ。

「……お姉さんは、先輩にどうしてほしいんですか？　いや、そもそも、俺にそんな話を聞かせた理由が知りたいです。俺にどうしろって言うんですか。先輩に、一人暮らしをやめるよう説得しろって？」

「あはは……鋭いね、君。まあ、さすがにわかりやすすぎるか。……でも、誰にでもこんなこと言ったりはしないよ。君ならあの子を変えてくれるかもって思ったから、話したの」

随分、過剰な期待をされている気がする。

何の根拠があって、と葉月を見るけれど、対面の彼女はニコニコと笑っているだけだ。

「……去年の一年間、あの子の一人暮らしの様子を見にいってたけどね。あの子、本当に『ちゃんと』してるのよ。掃除も洗濯も料理も、ぜーんぶ一人でこなして、文句のつけられるとこなんて一つもない。その上、成績だって学年で一位だっていうじゃない？」

「……それは、そういう条件だからでしょう」

「うん、そうね。普通なら『うちの妹はすごい』って褒めるところだと思うわよ。でも私や両親は……あの子が本当はどういう子か、知ってるから」

君だってそうでしょ、と、沈黙の中に、そう問いかけてくる空気を感じる。

恭二は頷けない。どう答えることが、『柚月にとって』いいことなのか、話せば話すほど、よくわからなくなってくる。

「あんな条件つけたこと……っていうか、そもそも一人暮らしをさせちゃったこと、今は後悔してる」

「だったら、そんなのナシにすれば……」

「言ったよ、もう。何度も。でもあの子、『ちゃんとできるから』の一点張りなんだもん」

ふっと零《こぼ》れた吐息は、ため息に似ていた。どこか、途方に暮れているよう。さっきまであんなに堂々と、自信満々に見えた葉月の姿が、急に一回りも二回りも小さく見える。

「……完璧なんかじゃなくてもいいのにね。どう言ったらわかってくれるのかな」

それは独り言だったのか、それとも何か答えを求められていたのか、恭二にはわからなかった。

でも、きっと、嘘《うそ》ではないのだ。この人は本当に、妹のことが可愛《かわい》くて、だからこそ心配で。今の状況を、なんとかしたがっている。それが、柚月のためになると思って。

考えてみれば、柚月の『大人であること』へのこだわり方は、やっぱりちょっと普通じゃない。単なる性格、見栄《みえ》っ張《ぱ》りなだけ……というのでは説明できない何かが、あるような気がする。こうして葉月の話を聞いた後はなおさら。

「お姉さんは、何か心当たりないんですか。先輩があんなに——」

「見栄を張る理由？　それが、教えてもらえてないんだな。最初に『オトナになる！』って言い出したのは、小学生の頃だったけど」

「小学生……そんなに前から？」

「そうよ。本当、ある日いきなりね。小二だっけ……いや、小一かな？　とにかく、そのくらいの時期」

「そう、ですか……」

我知らず、返事は歯切れが悪くなった。


思い出したのだ。

彼女と出会ったのも、ちょうどそのくらいだったな、って。


「……まあ、でも、これ以上は私から話しちゃうと怒られそうだから。気になるならあの子に聞いてみて。ついでに、さっき話したこと、考えてみてくれると嬉《うれ》しいな」

なんの話、なんてとぼけたりはできなかった。代わりに口をついて出たのは。

「買いかぶり、だと思いますけど。そもそも、先輩の生活に、俺が口出す権利もありませんし」

「君がそう思うんなら、無理にとは言わないけどね」

暗に断っているのに、葉月は笑顔を崩さない。口でどう言おうと、内心、無視できない気持ちになりつつあることを、見透かしている目だ。……やっぱりこの人苦手だ、と、認識を新たにする恭二だった。

「さてと。これで私の用事はおしまい。付き合ってくれてありがとうね。他に何か、聞いておきたいことがあるなら答えるけど？」

「いえ、特には……」

「そう？　なら、最後に、連絡先だけ聞いておいてもいい？」

気さくに尋ねられて、なんだか無性に、『嫌です』と言ってみたくなった。

でもきっと、言ったところで、あっさり躱《かわ》されてしまうのだろうけれど。

◆◆◆

……結局、連絡先はまんまと交換させられてしまった。

『支払いは済ませておくからゆっくりしていって』と言うのを断り、葉月と一緒に店を出る。「送ってこうか？」なんて当たり前に言ってくるのも固辞する。

「ガード堅いなぁ、真山《まやま》くんは」

「普通ですよ。……お姉さんがフレンドリーすぎるだけです」

店の駐車場。車に乗り込もうとしていた葉月が、驚いたように振り返る。

ちょっと、馴《な》れ馴れしかったかもしれない。でも、どうせ黙っていても見透かされるなら、言ってやろうと思ったのだ。この人のことだ。恭二みたいな子供にちょっと噛《か》み付かれるくらい、きっと痛くも痒《かゆ》くもない。

果たして、葉月は「あはは！」と、声を出して笑った。

「君、大人しいのかと思ってたけど、結構いい性格してるねぇ。いいよ、いいよ。好きだよ、そういうの」

「そりゃどうも」

「高校生じゃなかったらこのままお持ち帰りしてたかも」

「は⁉」

「――はあああ⁉」

突如。響き渡る第三者の声。

驚いて周りを見回した瞬間、恭二は見てしまった。駐車場を囲う植え込みに、人影がものすごい勢いで身を隠すのを。

……黙ったまま、葉月の顔を見る。案の定、彼女は気付いていたらしい。驚いた様子も

なく、楽しげに口元を笑ませていた。

「……いい性格してますね」

「そりゃどうも」

ニコ、と一層楽しそうに笑って、葉月は車に乗り込んだ。恭二は植え込みを指差して言う。

「あちらは？」

「私が残ると、火に油を注ぎそうだから。君に任せるよ」

よろしく、と手を振り、車はなめらかに走り出す。

それが見えなくなるまで待ってから、恭二は問題の植え込みに近付いていった。

「先輩」

ガササ！　と、焦《あせ》ったように、植え込みが揺れる。この期《ご》に及んで、バレていない可能性を期待していたのだろうか。

「……とりあえず、謝ります。先輩の知らないところで、勝手にお姉さんと会ったりして、すみませんでした」

「え⁉　い、いえ、それは別に、真山くんが悪いわけでは……！」

思わず、といった様子で、柚月が立ち上がる。

『しまった⁉』とばかりに目を丸くする彼女に、恭二は軽く頭を下げた。

「でも……多分、先輩はそうしてほしくなかっただろうから」

それをわかっていて、恭二は拒否しきれなかったのだ。葉月が強引だったのもあるけれど、恭二自身、知りたかった。

この間の夜。姉と呼んだ人の前で、柚月がどこか居心地悪そうに、下を向いていた理由を。

「話したこと、別に口止めされてはいないので。気になるなら説明しますけど……っていうか、どこからついてきてたんですか？　もしかして店の中まで？」

「い、いえ……私、学校の前で、お姉ちゃんの車を見付けて。会いたくないから、隠れて様子を見ていたんですけど、そしたら真山くんが乗っちゃって……」

「……慌てて追いかけた？」

「そうです」

「…………え、徒歩で？」

「だ、だって仕方ないじゃないですか！　自転車なんてないし、そもそも私は乗れないし！」

おそらくは重大な秘密であっただろう事実を暴露し、柚月は真っ赤な顔で続ける。

「で、でも、あっという間に見失って……だから必死で探して！　このお店は、お姉ちゃんとよく来ていたから、もしかしてって思って見に来たら車があって、けど、中には入っていけないし……！」

結果、二人が出てくるまで、店の周りをずっとうろうろしていたらしい。不審者にもほどがある。

「なんていうか……先輩らしいです」

「どういう意味ですかー!?　そ、そもそも、真山くんがお姉ちゃんと行っちゃうから！　真山くんが‼」

「わかりました。俺が悪いです。すみません」

真っ赤になって拳振り上げる柚月を、無抵抗に受け入れる。ポカスカあらゆるところをぶたれるけれど、ちっとも痛くない。

やがて、その力すらどんどん弱まっていって。最後に、柚月の両手は、恭二の胸元をぎゅっと摑《つか》んだ。

「…………お姉ちゃんと、何、話してたの」

恭二の胸元に、額をくっつけるようにして。じっと俯《うつむ》く柚月の顔は見えない。距離が近すぎて見えなくなるものがあるなんて、初めて知った。

「お姉さんは、俺に先輩を説得してほしかったらしいです。無理に優等生するのをやめて、実家に帰ってきてほしいって。……先輩が無理してるの、心配してました」

「わ、私は一人でもちゃんとできる……!!」

ぐっと、柚月の肩に力が入る。ハリネズミが身を守ろうとするように、硬く丸まって、棘《とげ》の鎧《よろい》で全身を覆う。

「ずっと、そう言ってるのに……やってるのに!!　なんで、なんでお姉ちゃんも、お母さんもお父さんも、いっつも……真山くんまで!!」

「先輩。話聞いてください、俺は」

「嫌です！　もういい！　真山くんなんか知らない!!」

『どっせーい！』と、制服を摑んでいた手で、胸を強く押された。転びはしなかったものの、怒り任せの張り手は予想外に強烈で、「んぐふっ!?」と派手に噎《む》せる。

呼吸困難に陥る恭二を捨て置いて、柚月は憤然と歩き出した。ゲホゲホ咳《せ》き込みながら、慌てて後を追う。

「ちょっと！　先輩！　先輩ってば！」

「ついてこないでください！　真山くんの裏切り者！　どうせ真山くんも、お姉ちゃんみたいな大人の女の人がいいんでしょう!?　私みたいなお子様なんてお呼びじゃないんでしよう！」

「そんなこと言ってないでしょうが！」

「じゃあどうしてお姉ちゃんについていったんですか⁉」

引き留めようと摑んだ腕を、『ぶん！』と振り払われた。

その勢いのまま、柚月はじったばったと両手を振り回す。力一杯地団駄踏む。まるっきり、子供みたいに。

そして、ついには。

「出てきたときだってなんだか楽しそうに！　仲良しに‼　わ、私だって、ちゃんとやってるのに……頑張ってるのに！　なのに、なのに……！　みんなっ、みんなわだじをこどもあづがいずるぅぅぅ……！」

『えーん！』と、柚月は往来のど真ん中で泣き出した。柚月のお子様ムーブには慣れたと思っていた恭二も、このギャン泣きっぷりにはちょっと焦る。辺りに人通りがなくて本当に良かったと思った。

「な、泣かないでくださいよ。ああ、もう、鼻水出てるじゃないですか……ハンカチとか、ティッシュは？　持ってます？」

「そのぐらいもってまず、わだっ、わだじはこどもぢゃなびゃびゅばうぇぇぇ」

「わかりました、わかってます、先輩は大人です。だから顔拭いて」

柚月に断ってから、カバンからティッシュを取り出す（今度はちゃんと入っていた）。手渡して、『ちーん！』と洟をかむのを待って、それから。

「ええと、とりあえずどっか座れるとこに……なんかそんなのばっかですね、俺達」

しかし、こんな状態の柚月を連れて店には入れないし。また公園かどっか、探すしかないだろうか。そう何度も都合良く見付かるといいけれど。

――と。思案する恭二の手、というか服の袖を、柚月が掴む。

「う……うぢ」

「え？」

「うちが、マンション、ぢかぐだかっ、ら」

「ああ。そういえば、学校の近所って……」

こくん、と柚月が頷《うなず》く。いや、『こくん』というか、勢い的には『ぶん！』という感じだったけれど。

「お、おうぢ……おうちかえるううう」

鼻をグズグズ言わせながら、柚月。その手はしっかりと、恭二の服を掴んで離さない。

これは、つまり。

「……俺が行っていいんですか」

ぶんぶん、と泣きながら頷かれてしまえば、恭二に拒否権はないのだった。

第十四話

文字通り泣く子の手を引く格好で。やってきた柚月《ゆづき》のマンションは、とにかくすごかった。

セキュリティは当然のオートロック。入ってすぐのエントランスはまるでホテルのロビーのようになっており、柚月達が現れるなり、カウンターの中にいた人が「お帰りなさい」と声を掛けてくる（コンシェルジュとか言うらしい）。

部屋は部屋でやっぱりすごいのだった。高校生の一人暮らしには余りまくるだろう圧巻の2LDK。リビングの窓は当然のごとく南向きで、広々としたアイランドキッチンはまるでドラマのセットのようだ。

そのピッカピカなリビングの、ふっかふかソファの端っこ。部屋の主《あるじ》である柚月はしょんぼりと項垂《うなだ》れて、力尽きるように座り込んでいた。

「先輩……落ち着きました？」

「……………………」

こく……と、無言のままに、首だけが動く。今にも燃え尽きて灰になりそうに、力なく。

「ごめんなさい……みっともないところを……私はなんて……道路の真ん中で泣き出すなんて……本当にバカ……お子様……未経験……」

「別に、みっともないとは思ってませんよ。……外だからとか、わかってても我慢できないくらい、嫌だったってことでしょう。先輩にとっては」

下からひっぱたかれでもしたみたいに、柚月が勢いよく顔を上げた。その目はまん丸に見開かれている。

恭二《きょうじ》と正面から視線が合い、恥ずかしげな表情がその顔に浮かぶ。

彼女がまた顔を伏せてしまう前にと、恭二は改めて頭を下げた。

「……すみません。先輩に黙って勝手に色々と話を聞いたこと、改めて謝ります」

「い、いえ……それはもう、いいんですけど。……あの。話って、具体的に、どんなことを」

「……先輩が、『大人になりたい』って言い出すようになった、きっかけとか」

——真っ白な布にインクを垂らすように。柚月の表情にさまざまな感情が溶けて、広がる。それらは複雑に混じり合い、見ているだけの恭二には判断がつかない。今の柚月の胸中を、どんな感情が占めているのか。どんな思いが一番大きいのか。

ややあって、

「……お姉ちゃんは、なんて」

「詳しいことは、お姉さんも知らないって。ただ、最初に『大人になる』って言い出したのは……小学生の、時だったって」

話しながら。恭二は、別のことを考えていた。思い出していた。

――小学校の時の話だ。その頃の恭二は今に輪を掛けて虚弱体質で、しょっちゅう保健室のお世話になっていた。

その時、偶然同じように休んでいた女の子と、仲良くなったのだ。

同じクラスじゃない。学年も違っていた。でも、だからこそなんだろうか。話していると、妙に、ソワソワした。他の誰とも違う、ふわふわと落ち着かない感覚。でも、決して嫌じゃない気持ち。

でも、あの頃の自分は、とにかく、子供過ぎたのだ。好きに種類があることも知らず、自分の気持ちも彼女の気持ちも本当のところは理解できなくて――彼女から向けられた想《おも》いを、結局、受け止めることができなかった。

彼女の告白を、断った。

自分達は——自分はまだ、子供だから。

人を好きになったり、恋をしたり、その相手を大切に守ったり。そういうことはきっと、無理なんだろう、って。

それからほどなくして、恭二は体の事情もあり、転校。彼女とはそれっきりになってしまった。

今となっては、思い出すだけでも苦い記憶。

だから——高校でその女の子と再会したとき、一目見てすぐ、『彼女だ』とわかったのに、恭二は、それを言い出せなかった。

いきなりで、驚いたというのもある。気まずさももちろん、あった。でも一番の理由は、柚月が一向に、恭二に気付く様子がなかったから。他でもない柚月が忘れているなら——あるいは、忘れたように振る舞っているのなら。自分もそうしようと、恭二はそう思った。

そう思って、今日までずっと、過ごしてきた。

でも、もし。柚月が『オトナ』にこだわるようになった原因が、あの時の自分の言葉にあるなら、恭二は。

「……確かに、きっかけがあったのは、その頃です」

恭二から視線を外して、柚月の手が、きゅっとスカートを握り締める。恭二の胸を、重い後悔と、罪の意識が締め付ける。

——だけど。

「でも！　今はもう、そんなのは関係ない！　そうよ、関係ないの！」

恭二の感傷をぶっ飛ばすように、勢いよく、柚月は立ち上がったのだ。ぐっと拳を握って。体一杯に力を込めて。この世のあらゆるものに、身一つで立ち向かうごとく、堂々と。

「私は、私が『そうなりたい』って思ったから、〝大人〟を目指すの！　誰に言われたからでもない、誰かのせいとかじゃない！　私は私のために、私自身の夢のために、ずっと頑張ってきたの……頑張るの、これからも！　難しいのも、大変なのも、よくわかってる！　でも、だって……私はそうしたいんだもん！　やりたいんだもん！　助けられてばっかりだった子供の自分を変えて、〝大人〟に……誰かを、助けられるようになりたいの！　それを、私じゃない誰かに、『諦めろ』なんて言われたくない！　お姉ちゃんにも……真山《まやま》くんにだって‼」

まるで、恭二が何を言おうとしていたのか、わかっているみたいに。挑むような激しい眼差《まなざ》しを、柚月は真《ま》っ直《す》ぐに向けてくる。

真夏の太陽みたいな、圧倒的なエネルギー。それは熱すぎて、暖めるどころか全身を焼くようで。

「……ははは」

気がついたら。恭二は、笑ってしまっていた。

途端。凛《り》々《り》しく決まっていた柚月の顔が、子供丸出しに紅潮する。

「な、なんで笑うんですか⁉　またそうやって子供扱いして‼　私は本気で……！」

「違います。これは、なんていうか……自嘲、みたいなもんです。……俺、すげー傲慢なこと考えてたなって」

柚月が無理をしているのは自分のせいかも――なんて、とんでもない思い違いだった。

彼女はこんなにも、真っ直ぐに、ひたむきに。それが難しいことだとわかっていてなお、少しでも、自分の理想に近付こうと手を伸ばしている。誰に無理だって言われても、そんな言葉をはねのけて、『自分はやれる』と、そう信じて。

それは、かつての恭二がやりたくて、けれど、できなかったこと。なれなかった、なりたかった……憧れた、〝自分〟。

――だったら、そんな彼女に、恭二が掛けるべき言葉は決まっている。

「あのですね、先輩。俺、別にお姉さんの言うとおりにするつもりとか、ないですから」

――そこから先を、言おうかどうしようか、迷って。

「……先輩、お姉さんのこと、ちょっと嫌いでしょう」

「ど、どうしてそれを⁉」

図星どころの反応ではなかった。予想通りすぎるリアクションに、思わず笑ってしまいつつ。

「いや、嫌いって言い方は違うかもしれないけど。でもなんか、一緒にいるとモヤモヤしたりするんじゃないですか？　妙に反発したくなったり、でもそれも笑って流されて、余計にモヤったり」

「そ、そんなことは……な、なくもない、ですけれども……」

「わかりますよ。俺もなんか、話してて同じこと思ってたので」

柚月の顔に、今度こそ、無防備なまでの驚きが浮かぶ。

「だって、なんか嫌じゃありません？　悪い人じゃないのはわかるんですけど、なんでも、見透かされてる感じがするっていうか。俺のこと――俺たちのこと、子供だと思って見くびってるみたいで」

ただの負け惜しみだ。僻《ひが》み根性だ。『そんなことを思うのが子供の証拠だ』と、大人が聞いたらきっと笑われるんだろう。

でも、悔しい。『自分はもっとやれるのに』、『もっとできるのに』って、どうしようもなく、自尊心がささくれ立つ。

――自分だってできるんだって、証明して見せたくなる。

「先輩が一人暮らししたがったのって、お姉さんの影響とかじゃありません？」

広々としたリビング――それでいて、ちゃんと掃除は行き届いている――を見回して、尋ねる。もう柚月も、『どうしてわかったの』とは聞き返さない。

「……お姉ちゃんもね、高校のとき、一人暮らししてたの。行きたい学校も、自分で決めて、一人で選んで……でも全然、大変とか帰りたいとか、そんなこと言わなくて。いつも楽しそうで、胸を張ってて……カッコいいな、って、思ってた。大人だな、って」

話す声に陰りはなく、浮かんだ微笑《ほほえ》みには、混じりけのない憧れと親愛が見える。

…………が。

「……なのに！　なのに、お父さんもお母さんもお姉ちゃんも！　私が『一人暮らししたい』って言ったら、『大変だし、危ないから考え直しなさい』って！　お姉ちゃんの時は全然そんなことなかったのに！」

ぐぐぐ……！　と両手が拳の形に固められる。抑えきれぬ不満と怒りに、華奢《きゃしゃ》な肩がわなわなと揺れる。項垂《うなだ》れて顔を隠す髪まで、ぶわっと広がるようだった。

「私の時だけ反対して！　子供扱いして！　『無理しなくていいのよ』って！　無理なんてしてないのに……無理じゃないのに！　私は、私は本当に、一人でちゃんと――」

「できてますよ、先輩は。ちゃんと」

話すほどに、徐々に俯《うつむ》いていった柚月が、ハッとして顔を上げた。

本当は、葉月《はづき》の話を聞いたときから気付いていた。

柚月が一人暮らしを始めたのは、高校入学と同時だという。去年の一年間、葉月は柚月の生活を見守っていたけれど、彼女は家族との約束をしっかりと守って、家事も学業も両立させた。でも、だからこそ葉月は、柚月が無理をしていると思って、一人暮らしをやめさせたいと願っていた。

だけど、恭二は思ったのだ――一年も続いているのなら、それはもう、『身の丈に合わない無理』なんかじゃ、きっとない。少なくとも、恭二には同じことなんて、絶対できやしないだろう。

柚月の手はもう、彼女が目指し続けていた『大人の自分』に届いている。たとえそれが、指の先が引っかかる程度なのだとしても。

ならそれは、誇っていいことだ。認められるべきだ。彼女自身が、そう望むとおりに。

「……俺は、いいと思います。見栄《みえ》張って、頑張ってる先輩も」

虚を突かれたみたいに、柚月が『え？』と目を瞬《またた》かせる。

恭二自身、自分の口からそんな言葉が出たことに驚いていた。

けど、その一方で、すんなり納得してもいて。


だって……柚月はずっと、楽しそうだったから。


いつかの教室で、得意満面に黒板を眺めていた顔を思い出す。

『憧れだったの』って。子供みたいにそう訴えてくる声を思う。


それは見栄かもしれない。本当なら、しなくてもいい努力だったのかもしれない。

でも、『オトナでいたい』って。心に抱えた憧れを現実にしようと、柚月が一生懸命頑張っていたのは、本当だ。

誰かに強制されたわけじゃなくて。ただ、自分がなりたい『自分』のために。

葉月や、彼女達の両親を、ひどい人だとは思わない。あの人達はあの人達なりに、本心から柚月を心配しているだけだろう。

一人で暮らして、家事も学業も完璧に、なんて、確かに並の苦労ではない。そんなものをわざわざ背負い込まなくても、と、思うのは当然だった。柚月が本来器用ではないことをわかっているなら、なおさらだろう。

『無理をしなくていいよ』、『そのままでいいんだよ』って。それは紛れもなく、愛情からくる言葉で。そう言ってくれる人がそばにいることは、きっとこの上ない幸福だ。

でも、時には、それが寂しいこともある。

頑張りたいんだよ、応援してよ、って、柚月が願っているなら。むちゃくちゃでも背伸びでも、誰かが、肯定してあげたっていいはずだ。

変わりたいんだって。そう思って頑張っているときにほしいのは、引き留める言葉じゃなくて。

――君ならできるよって、そう、信じてくれること。

「だから、俺は、応援します。先輩のこと。……背伸びしてるうちに、本当に背が伸びることだって、あると思うから」

でも、柚月が危なっかしいのは事実だから。

彼女が人知れず続けている『背伸び』を、知っているのが自分だけだと言うなら。せめて、転びそうになったときは、すぐに支えてあげられるように。

「……どうしてもしんどくなったら。その時はいつでも、腕、摑《つか》まってくれていいので」

柚月が、じっと、こっちを見ている。何も言わずに。でも、その目を見ていると、言葉以上の何かを——自分にとって、とても都合のいい何かを、そこに見出《みいだ》してしまいそうで。

コホン、と、慌てて咳払《せきばら》い。

「と、というわけでですね。……以上を踏まえて、俺から提案があります」

「は？　え？　て、提案、ですか？」

「はい。先輩は、このまま一人暮らしを続けたいんですよね？　できれば、お姉さんやご両親からあれこれ言われずに」

「それは……もちろん」

こっくり。頷《うなず》く柚月に、だったら、と返す。

そして、恭二は告げた。

「先輩——俺と、付き合ってください」

◆◆◆

「——なーんだ。やっぱりそういうことだったんじゃない。真山くんも、照れないで本当のこと言ってくれれば良かったのに」

「すみません。なんか、あの時は言いにくくて」

「まー、初めて会ったときからして、私の登場の仕方、まるっきり悪役側だったもんね。そりゃ言いたくないか」

いつぞやの、コーヒーショップ。同じように葉月と向かい合って、恭二はブラックコーヒーに口をつける——横に座る柚月に、自分のミルクを分けてやりながら。

「なるほどねー、なるほど……『彼氏の君がちゃんと柚月のことを見てる』、『これからはもう無理させない』。だから一人暮らしも容認してあげてほしい……ってことでいいのかな」

「そういうことです」

迷いなく頷く恭二。その横で、柚月はコーヒーにミルクを入れ損ねて「あっ」と小さく悲鳴。……零《こぼ》れたミルクを、恭二はそっと拭いてやる。

要は、これが恭二の『提案』なのだった。

葉月が懸念《けねん》していたのは、『柚月が一人で無理を続けること』であって、一人暮らしそのものではない。

なら、そこに無理がなくなればいいのだ。家事も学業も一人では厳しいなら、誰かが支えてあげればいい。そういう相手がもう柚月にはいるのだと、葉月にわかってもらう。そのための狂言だった。

「すみません……」

「いえ、このくらいは……その、彼氏、なんで」

互いに目を合わせられず。照れくささに俯く二人を、葉月は面白げに見ていた。

「うーん。姉としては、彼氏がいるならなおさら、可愛《かわい》い妹に一人暮らしはさせたくないんだけどなぁ?」

「そこは、俺を信じてもらうしかないですけど……」

「信じてはいるよ？　その上で、ちょっと意地悪言ってるだけ」

にーっこりと、葉月は満面の笑み。微塵《みじん》も悪びれない。

その視線は不意に、黙りこくったままの妹に向く。

「……柚月は？　約束できる？　真山くんとは高校生らしく、健全なお付き合いするって」

「みょ、も、もち、もちぁ、もちちょ！」

「どこの国の言葉なんですかそれは……ほら、落ち着いて先輩。深呼吸して」

言われるままに息を吸いながらも、柚月はどう見ても落ち着く様子がなかった。葉月はいよいよ楽しそう……というか、これは完全に、恭二と柚月の反応を見て楽しんでいる顔だ。

……だって。どうせこの人には、バレている。自分達の嘘《うそ》も、恭二がそんなことを言い出した意図も、とっくに。

その、証拠に。

「……わかった。お父さん達には私のほうから上手《うま》く言っとく」

「え⁉」

「なんで柚月が驚くのよ。それとも、本当は実家に帰りたかったとか？」

「そ、そんなことないもん！　ただ……」

何か言いたげにしたものの、柚月は結局口を噤《つぐ》んだ。気が変わられても困ると思ったのだろう。

……不意に、恭二はあることに気付く。あるいは、葉月は最初から、恭二にこうさせることが目的だったんじゃなかろうかと。

柚月に無理解なフリをして、本当は全部わかっていて。それでも、一人で頑張らせるのはやっぱり心配だったから、恭二を煽《あお》って、たき付けて。狙い通りに、柚月を支える決心をさせたんじゃないか――なんて。

「……どうかした？　あんまり見られると照れるんだけど」

恭二の視線に気がついて、葉月がいたずらっぽく笑う。

その顔に向かって、言ってやった。

「……いい性格してますよね、本当に」

「君もね」

本当に好きになりそう――葉月が付け足した余計な一言に、柚月がコーヒーを噴き出した。

「…………………」

「…………………」

既に、葉月は退店して久しい。

伝票は彼女が持って行ってしまって、テーブルに残されたのは二人分のコーヒーだけ。

でも、恭二も柚月もなんとなく飲めずに、ただ、冷めていくばかりのカップの中身を見つめている。

「あ、あの……真山くん？　もう一度確認するんですけど、付き合うのは、フリなんですよね……？」

「もも、もちちょ――もちろんです」

柚月の謎言語が、危うく伝染しかける。

「そうですか……そうです、よね……。わ、わかってます！　わかってますよ、もちろん！」

今度は噛《か》まずに、ちゃんとそう言って。でもそれ以降、言葉は続かない。だから恭二は、さすがにそろそろ店を出ようと、カップに口をつけ。

そして唐突に、思い出してしまう。柚月に、言おうと思っていたこと。

「あ」

「え？　な、なんですか……？」

「いえ、あの……」

この場は誤魔化してしまっても、多分、柚月は追及してこなかったと思う。

でも、今を逃したら、なんかそのままずっと言えないような気もした。

なので、

「……次、また一緒に、どっか行くことあったら。良かったら、一緒に靴、買いに行きませんか」

「え……？」

「や……妹に聞いたんですけど。その、ヒール……っていうんですか。あれ、慣れてない人でも履けるような低いヤツとか、色々あるみたいで。選び方とか調べたんで」

顔は前に向けたまま、言う。柚月の顔は見えない。見られない。

「……いきなりラスボス倒そうとしても無理でしょ。まずはスライム辺りから、地道にレベル上げていきましょうよ。付き合うので、俺は。いつでも」

伝えたかったことは、ちゃんと、届いただろうか。

確かめたかったけれど、顔を見る勇気が出てこない。自分の顔がちょっと赤くなっているのが、自分でもわかってしまって、それを見せたくもない。

だから恭二は、それからも長いこと知らないままだった。その時の自分達が、全く同じ顔をしていたこと。

エピローグ

――中学生活は、貧弱な体のせいで散々だった。

だから、高校では。人並みに、普通に。自分の面倒は自分で見られるように、頑張ろうと思っていたのに。

(結局……これかよ……)

植え込みの縁石に腰を下ろして、くずおれそうな体をどうにか支える。

なんとかやっていけるかもしれない、なんて甘い考えは、入学式から一週間も持たずに潰《つい》えようとしていた。目眩《めまい》がひどい。体が重い。自分の足で、立ち上がれない。

それでも、近くを通りがかった人に病気だと思われるのは嫌で――だって本当に、『病気』なんて言えるものじゃない――恭二《きょうじ》は懸命にスマホを覗《のぞ》き込むフリ。ただ、ボーッと座り込んでいるだけという体裁を取り繕う。

そうやって、見た目だけは『普通』を装《よそお》いながら。でも、本音の部分では、そんな自分が惨《みじ》めで仕方がなかった。

だって、そんな風に見た目だけ取り繕ったって、何も変わりはしない。背伸びしようが見栄《みえ》を張ろうが、無理なものは無理だって、思い知らされるばっかりで――。

「……あの？　大丈夫ですか？　どこか、具合でも？」

不意に声を掛けられて、大袈裟《おおげさ》なくらい体が震えてしまった。上手く力の入らなくなっていた手が、あっさりスマホを取り落とす。画面は真っ暗なままで、最初から見てもいなかったことがバレバレで、だけど、恭二はそれを拾い上げられもしない。

「あの、本当に大丈夫ですか？　ちょっと失礼しますね」

細い指が、ためらいもなく額に触れてくる。熱がないかを確かめているらしい。

「や……大丈夫、ですから」

仮病だと思われるのが嫌で、恭二はその指から逃げた。

「本当に……ただの、貧血なんで。しばらく休んどけば――」

「でも、辛《つら》いんでしょう？」

……一瞬、気分の悪さも忘れてしまえたのは、その言葉が、記憶の中のそれと全く同じだったからだ。

『でも、辛いんでしょ?』

『だったら、我慢しなくていいんだよ』

『私、一緒にいてあげるから――』

あの時も。彼女は、そう言って、恭二の額に触れたのだ。我慢しなくていいんだよと、温かな手で頭を撫《な》でて、優しく微笑《ほほえ》んでくれた。

導かれるようにして、顔を上げる。

「……一年生、みたいですね。保健室、すぐそこですから。案内します。……立てますか?」

そう言って、手を差し伸べる笑顔。

思い出の中と、何一つ、変わらずに。

◆◆◆

――それとこれとは話が別なんです。


保健室、であった。最早《もはや》当たり前のように養護教諭の姿はなく、恭二の目の前には柚月《ゆづき》。

そして放たれる、冒頭の発言。

「何がどれと別なんですか、一体」

「お姉ちゃんを説得してくれたのは、感謝しています！　でも、それはそれ！　これはこれ！　真山《まやま》くんの誤解を解くという私の目的は、まだ果たされていませんから」

「なるほど。いきなりラスボスを倒すのは無理なので、まずは俺というスライムを狩ってレベルを上げようという？」

「べ、別に、真山くんをスライム扱いしているわけでは……！　と、というか、そもそも私のレベルはもう最大なんです！　経験値なら十分なんですっ！」

ジタバタ腕を振り体を揺らし、柚月は全身で『不満！』と主張する。

（……こういうところは、あんま、変わってないんだよな）

思えば、子供の頃の彼女も、幼い恭二に対して、やたらと年上風を吹かせたがっていた。

不意に過《よぎ》る懐《なつ》かしさに思わず頬が緩みそうになって……『でも』と、思い直す。

あの頃のことは、きっともう、思い出すべきじゃないのだ。柚月ははっきりと、『あの時のことは今の自分には関係ない』と、そう言ったのだから。

ならば自分も、忘れる努力をするべきだ。……それが、難しそうだとわかってはいても。

「真山くん……？」

はた、と、我に返る。急に黙り込んだ恭二を不思議がるように、柚月が目をパチパチと瞬《またた》かせていた。

「ど、どうしたんですか、真山くん。私の顔をじっと見て。……ひ、ひょっとして、見とれていたんですか？」

「はい」

反論するのも面倒で頷《うなず》いたら、ふんぞり返っていた柚月がそのままの姿勢で固まった。

ふらっ、と一度大きくぐらつき、しかし踏みとどまって。

「ふ、ふふふ……し、仕方がありませんね。そ、そんなに言うなら、いくらでも見つめていて構いませんよ。私は経験豊富ですから……け、経験……オトナ………」

言ったそばから、柚月の顔に赤い色が広がっていく。それでもせめてもの意地、柚月は口元をピクピクさせながらも、余裕の笑顔を継続しようとしたが。

「…………き、今日のところは、このくらいにしておいてあげましょう！　ただし、次は、甘やかしてはあげませんから！　それを、忘れないでくださいね⁉　いいですね⁉」

「覚えときます」


変わったこと、変わらないこと。覚えていること、忘れたこと。忘れたことさえ、忘れているのかもしれないこと。

高校一年生。大人と子供の境目で、背伸びをしながら。名前のつけられない関係は終わりも見えずに、もう少し、続いていくらしい。

あとがき

初めましてお久しぶりです。滝沢慧《たきざわけい》です。

前作『好きいも』の完結から一年以上、本当にお久しぶりです。

大変長らくお待たせしてしまいましたが、このたび、無事に新作発売の運びとなりました！

というわけで本作『保健室のオトナな先輩、俺の前ではすぐデレる』、いかがでしたでしょうか。

元々は、「普段余裕あって堂々としてるヒロインが、主人公の前だけ照れたり焦《あせ》ったりするの可愛《かわい》いよね」というアイデアから始まったお話。

最初に企画を提出した段階では、ヒロインは格好良くてクールな女の子をイメージしていたのですが、最終的には、いつも通りのポンコツましましヒロインに落ち着いた感じです。一応主人公より先輩のはずなのに、年上感が全くないのはやはりポンコツだからでしょうか。

詳しい本編の内容は実際に読んで確かめていただきたいと思いますが、特にラスト付近のとあるシーンは、担当さんと何度も打ち合わせを重ねて、私自身納得いくまで書き直しました。

途中、悩んで筆が止まることも多かったのですが、その甲斐《かい》あってすごくいい内容にできたと思っています。

ぜひ！　楽しんでいただければ幸いです。


そしてそして、この『保健室のオトナな先輩』ですが、なんと！　この一巻の発売に先駆けて、ＹｏｕＴｕｂｅにて漫画動画が公開されております。

お力添えをいただきましたのは、『じついも』などでも有名な「カノンの恋愛漫画」様。シリーズの企画段階から打ち合わせにもお時間をいただき、ラノベ×漫画動画の新たなシリーズとして展開していただける運びとなりました。本当にありがとうございます！

漫画動画版『保健室のオトナな先輩』は、今後も「カノンの恋愛漫画」内の作品の一つとして、続編が更新される予定です。本編とはひと味違った展開・ストーリーとなっておりますので、そちらもぜひお楽しみいただければ幸いです。

以下、謝辞です。

担当のTさん。デビューと共に始まったTさんとのお付き合いも早いもので六年以上。そろそろ小学校を卒業したくらいでしょうか。これからも中学、高校、大学と末永くよろしくお願い致します。

イラストレーターの色谷《しきたに》あすか先生。ライトノベルのお仕事は本作が初めてとのことで、記念すべき瞬間をご一緒できて大変光栄です。色谷先生の描かれる女の子の、柔らかそうなほっぺたのラインがとても好きです。柚月《ゆづき》はもちろん、可愛らしいヒロイン達を本当にありがとうございます！

カノンの恋愛漫画様。『じついも』などでお名前は存じておりましたので、このたびご一緒できてとても光栄です！　漫画動画では動画のシナリオも書かせていただき、貴重な経験を積ませていただきました。拙作が、カノンの恋愛漫画様のますますの盛り上がりの一助になれれば、これほど嬉《うれ》しいことはありません。

他にも、デザイナー様、校正者様、本著の出版、流通に際し、お力添えをいただきました全ての皆様に、厚くお礼を申し上げます。

そしてもちろん、この本を買ってくださった読者のあなたにも、最大級の感謝を！　本当にありがとうございます。

読んだ方に少しでも「楽しかった」と思ってもらえるのなら、作家にとってそれに勝る喜びはないです。

次巻も、どうぞ楽しみにお待ちください！

二〇二二年二月某日

滝沢慧

お便りはこちらまで

〒一〇二‐八一七七
ファンタジア文庫編集部気付
滝沢慧（様）宛
色谷あすか（様）宛

富士見ファンタジア文庫

保健室《ほけんしつ》のオトナな先輩《せんぱい》、
俺《おれ》の前《まえ》ではすぐデレる

令和4年3月20日　初版発行

著者——滝沢《たきざわ》 慧《けい》

発行者——青柳昌行

発　行——株式会社KADOKAWA
〒102-8177
東京都千代田区富士見2-13-3
0570-002-301（ナビダイヤル）

印刷所——株式会社暁印刷

製本所——本間製本株式会社

ISBN978-4-04-074483-4 C0193 ◇◇◇

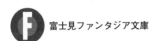

ファンタジア文庫
しかも客は「妹になれば、真島が可愛がってくれるんだよね？」
美少女同級生の初葉!?ぐいぐい甘える彼女の距離は近すぎて——
妹になったら…
今すぐ好きになってくれるよね！！
!!
美少女
バイト
お兄ち
Sister
Sister

学校……
じろじろ見ないで
【朗報】
俺の許嫁になった地味子、家では可愛いしかない。
ラブコメ
秘密の結婚生活！

ファンタジア文庫
甘えていい？
家
著者：氷高悠
イラスト：たん旦
親同士の約束で俺に嫁（３次元）ができた!?
相手は地味で目立たない同級生・綿苗結花。
「最近の推しは誰ですか!?」「遊くん…って呼んでもいい？」
趣味もピッタリ、意気投合。
しかも、慣れたら学校では想像できないほど大胆に！
彼女の素顔と、２人だけの生活は可愛さしかない!?
クラスのあの子と

「す、好きです!」「えっ? ススキです!?」。
陰キャ気味な高校生・加島龍斗は、
スクールカースト最上位&憧れの白河月愛に
罰ゲームきっかけで告白することになった。
予想外の「え、だって今わたしフリーだし」という理由で
付き合うことになった二人だが、
龍斗はイケメンサッカー部員に告白される
月愛の後をつけて盗み聞きしてみたり、
月愛は付き合ったばかりの龍斗を
当たり前のように自室に連れ込んでみたり。
付き合う友達も遊びも、何もかも違う2人だが、
日々そのギャップに驚き、受け入れ合い、
そして心を通わせ始める。
読むときっとステキな気分になれるラブストーリー、
大好評でシリーズ展開中!

ありふれた毎日も
全てが愛おしい。

済みなキミと、
ゼロなオレが、
き合いする話。

ファンタジア文庫
何気ない一言も
キミが一緒だと
経験
経験
お付
著／長岡マキ子
イラスト／magako

これは世界を救う

久遠崎彩禍。三〇〇時間に一度、滅亡の危機を迎える世界を救い続けてきた最強の魔女。そして――玖珂無色に身体と力を引き継ぎ、死んでしまった初恋の少女。

無色は彩禍として誰にもバレないよう学園に通うことになるのだが……油断すると男性に戻ってしまうため、女性からのキスが必要不可欠で!?

シン世代ボーイ・ミーツ・ガール!

王様のプロポーズ

King Propose

橘公司
Koushi Tachibana
[イラスト]――つなこ

最強の初恋
シリーズ
好評発売中!
ファンタジア文庫

切り拓け！キミだけの王道
ファンタジア大賞
原稿募集中！
賞金
《大賞》300万円
《金賞》50万円
《銀賞》30万円
選考委員
細音啓「キミと僕の最後の戦場、あるいは世界が始まる聖戦」
橘公司「デート・ア・ライブ」
羊太郎「ロクでなし魔術講師と禁忌教典《アカシックレコード》」
ファンタジア文庫編集長
前期締切 8月末日
後期締切 2月末日
公式サイトはこちら! https://www.fantasiataisho.com/
イラスト／つなこ、猫鍋蒼、三嶋くろね